Averroes o el secretario del diablo

GILBERT SINOUÉ

Averroes o el secretario del diablo

Traducción del francés
SAÏD SABIA

℗
ALMUZARA

Título original: *Averroès ou le secrétaire du diable*
© Librairie Arthème Fayard, 2017

© Gilbert Sinoué, 2024
© Editorial Almuzara, s.l., 2024

Primera edición: enero de 2024

Editorial Almuzara • Colección Novela histórica
Director editorial: Antonio Cuesta
Editor: Daniel Valdivieso Ramos

www.editorialalmuzaracom
pedidos@almuzaralibros.com - info@almuzaralibros.com

Editorial Almuzara
Parque Logístico de Córdoba. Ctra. Palma del Río, km 4
C/8, Nave L2, n° 3. 14005 - Córdoba

Imprime: Romanyà Valls
ISBN: 978-84-11319-65-2
Depósito Legal: CO-1959-2023
Hecho e impreso en España - *Made and printed in Spain*

El califa al-Ma'mún vio en sueños un hombre de tez clara, algo rojiza, de frente ancha; sus cejas estaban juntas; era calvo, tenía los ojos azul oscuro y sus modales eran afables; estaba sentado en la cátedra. «Yo estaba —dice al-Ma'mún— pegado a él, lo cual me llenaba de temor.» Le pregunté: «¿Quién eres?». Me respondió: «Soy Aristóteles»; lo cual me alegró. Entonces le dije: «Oh sabio, te voy a hacer algunas preguntas». Me dijo: «Pregunta». Le dije: «¿Qué es el bien?». Me contestó: «Lo que está bien según la razón». Le dije: «¿Y después?». Me respondió: «Lo que está bien según la Revelación». Le dije: «¿Y después?». Me respondió: «Lo que está bien a los ojos de todos». Le dije: «¿Y después?». Me contestó: «Después no hay después».

AL-NADÍM, *Kitáb al fihrist*

Advertencia

Ante la profusión de nombres de personajes, fechas y lugares citados por Averroes en su grafía árabe, hemos optado, cada vez que ha sido posible, por usar sus equivalentes latinos para hacer más asequible y amena la lectura.

I

Marrakech, 9 de diciembre de 1198 de la era latina

Venidos de las estrellas, descienden embriagantes perfumes y antiguas endechas, mientras que, adosada a las murallas de la ciudad ocre, la noche habla a mi memoria.

Vine como el agua.

Mi iré como el viento.

Pronto, el alba lanzará a la copa de las tinieblas la piedra que hará volar las estrellas.

¿Quién soy?

Los latinos me llaman Averroes. Los judíos, Ben Rochd.

Para los árabes, soy Abú al-Ualíd Mohammad Ibn Ahmad, Ibn Roshd.

Nací hace setenta y dos años en Córdoba, entre los contrafuertes de Sierra Morena y las ricas llanuras de la Campiña. Vivíamos entonces una época de gran saber, pero también de grandes tumultos.

Cuatro siglos antes de mi nacimiento, un jefe guerrero beréber cruzó el Estrecho que separa Occidente del Magreb y desembarcó en un lugar conocido por miles de hombres. Ese guerrero dejó su huella en todo el sur antes de lanzarse hacia el norte y tomar Toledo.

Cuatro siglos hace, pues, que los árabes ocupan gran parte de la Península. Cuatro siglos durante los cuales varias dinastías sucesivas se destrozaron las unas a las otras. Omeyas, abbasíes, almorávides y, en el momento en que escribo, son los almohades los que reinan. En cuanto a los reyes cristianos, a pesar de sus ataques repetidos, aún no han podido acabar con nuestra presencia. ¿Por cuánto tiempo todavía?

Escribo para mi hijo, Yehád. Último superviviente de mis tres hijos.

No escribo más que para él.

Consciente de la deriva que arrastra nuestro mundo hacia la intolerancia, ¿cómo podría dejar de prevenirlo y revelarle lo que a mí me fue prohibido expresar? He vivido amordazado, he vivido bajo la amenaza y, esta noche, mi último temor es que estas páginas caigan bajo miradas indiscretas. Me tocaría, entonces, una doble muerte. Después de haberme leído, los teólogos que de Aláh no saben más que el nombre, arrancarán mi mortaja para echarme a los perros. En su inmensa mayoría, desgraciadamente, la búsqueda de estos hombres no es la elucidación del Corán, del que no comprenden nada. Son fuerzas oscurantistas que se apoderan del texto sagrado para elaborar otra forma de religión. Al actuar así, representan un peligro de disensión para la comunidad musulmana y amenazan el consenso.

Si el Creador de los mundos me concede tiempo para acabar estas memorias, las confiaré a mi hijo que, después de enterarse de su contenido, las remitirá a alguien de confianza, puesto que no quiero, por nada del mundo, que las conserve. Sería demasiado peligroso. El hombre en quien pienso se llama Ibn 'Arabí. No es un amigo; incluso estuvimos en desacuerdo. Pero la traición, ¿acaso no suele venir de nuestro entorno?

Cuando lo conocí por primera vez, Ibn 'Arabí era todavía un adolescente imberbe. Yo tenía entonces cincuenta y tres años y él catorce. Yo era jurista y filósofo reconocido, autor de numerosos escritos, entre los cuales hay un libro que considero esencial tanto por las críticas envenenadas que suscitó como por la certeza de haber redactado una obra maestra[1].

Lo que había oído sobre Ibn 'Arabí me había sorprendido mucho. Durante las sesiones de meditación, el chico habría recibido respuestas a las preguntas que nosotros, los filósofos, nos hacemos. Quería darme cuenta por mí mismo de cómo alguien, entrando como ignorante en una estancia meditativa, podía salir de ella tan transformado. Siendo yo amigo de su padre, rogué a este último que organizara un encuentro.

El día fijado, el adolescente se presentó en mi domicilio. Lo recibí calurosamente. Incluso lo abracé. Cuando se marchó, mi opinión ya estaba hecha. A quien había tenido delante, como inicialmente había pensado, no era un filósofo sino un místico.

Este chico formaba parte de esos seres que reivindican una experiencia en el seno de la cual el conocimiento, el amor, el puro intelecto, los sentidos, en definitiva, todo se confunde. Están convencidos de que la meditación les permite superar los límites en que a veces la razón está obligada a encerrarse. En el transcurso de nuestro intercambio mencionó la «inspiración divina». ¡No existe «inspiración divina»! Para acceder al conocimiento, solo cuenta el pensamiento racional, independiente de cualquier influencia emocional.

Durante mucho tiempo no tuve noticias de Ibn 'Arabí. Y he aquí que, hace poco, me hizo llegar los versos de un poema aún inacabado. Los memoricé y los transcribo tal cual: *Mi corazón está abierto a todas las formas, es monasterio para los monjes, templo para los ídolos, y la Kaaba para quien dé vueltas a su alrededor, tablas de la Torá y hojas del Corán. Mía es la religión del Amor. Allá donde sus caravanas dirijan sus pasos, el Amor es mi religión y mi fe.*

---

1   Averroes habla sin duda de *Fasl al-maqál* (*Discurso decisivo*), cuya redacción se sitúa alrededor de 1179.

Este texto me pareció de una grandísima belleza, pero no me cabía la menor duda de que si algún día fuera publicado, el autor sería anatemizado por los religiosos. Sabemos cuán arriesgado es salir de su sendero. Sea como fuere, le guardé a este pensador un sincero afecto, a pesar de que haya declarado, a veces, aquí y en otras partes, no haber aprendido nada de mis obras.

Puede resultar sorprendente que yo quiera confiar este manuscrito a alguien que no haya visto desde que era adolescente. La respuesta es sencilla: son las líneas de este poema las que me guiaron. Un hombre capaz de expresar así el amor no puede traicionar. Un hombre capaz de afrontar las leyes, resistir con tanta vehemencia a tantas presiones y coacciones, este hombre conservará estas páginas sin miedo y sabrá a quién transmitirlas más tarde.

Algunos días soleados, desde mi terraza, más allá de la llanura y el desierto, vislumbro las cumbres nevadas del Atlas e imagino, en alguna parte la punta majestuosa del dyebel Tubqál. Inmóvil, eterna.

La naturaleza permanece.

Los hombres pasan.

Solo la montaña, impasible como el tiempo, conoce la verdad. Ella distingue a los vencedores y a los vencidos; a los sultanes y a los míseros; los palacios y las casuchas; el poniente de los almorávides y el triunfo de los almohades. Dos dinastías, dos águilas que, por turnos, se disputaron el derecho de cavar los riñones de la tierra para verter su semilla en ella.

Tanta sangre, tantos muertos; tantas ruinas, pero también tanta grandeza.

Cuando contemplo mi rostro en el espejo de bronce, ya no puedo contar mis arrugas. Cada una de ellas representa las interrogaciones que me atormentaron y seguirán atormentando en lo que me queda por vivir.

Solo. Me iré solo. Poco importa. Cuando las alas de la muerte se han replegado sobre nuestros huesos, ya no somos nada más que un recuerdo encallado en la memoria de los que nos conocieron. ¿Nos habrán querido nuestros hijos? Sentenciado, seguro que sí. Nuestros hijos, y tal vez algún hombre o alguna mujer que experimentó hacia nosotros alguna consideración ya que, la verdad muy escasos son los que se preocupan por saber si estamos vivos o muertos.

¿Quién soy?

¿Qué grano de arena desencadenará con su caída la cuenta atrás de mi última hora? ¿Adónde irá mi alma? Este alma sobre la que tanto he escrito. ¿A qué palmeral divino?

Yo que he evocado la unidad del todo, que he afirmado que el universo y su Creador forman uno solo, hoy oscilo bajo la violencia de la duda mientras que, en mi propia carne, siempre he sabido que la verdad no podría ser contraria a la verdad, que los seres y sus causas nacen de la ciencia de Aláh. Así es: los que saben son presa de la duda, y los ignorantes se nutren de certezas.

Teología, matemáticas, jurisprudencia, filosofía, medicina, Aristóteles, mi maestro Aristóteles. Aristóteles fuente de todos mis conocimientos. ¡Fieles amigos, compañeros de infortunio! Gracias a vosotros, he aprehendido el cielo. A causa de vosotros, he rozado la Gehena. He sido amado. He sido más odiado que amado. Lo seré sin duda mucho tiempo después de mi muerte, ya que la ignorancia lleva al miedo y el miedo lleva al odio. Esta es la ecuación.

II

Doce años después de la muerte de Averroes
París, noviembre de 1210

Hace algunos días que, instigado por Pierre Corbeil, arzobispo de Sens, el concilio se había reunido en París. París, donde el gusto renaciente por la ciencia, la búsqueda de la verdad, conforme o no a los cánones de la iglesia, engendraba cada mañana nuevas ideas algunas de las cuales, evidentemente, no dejaban de suscitar violentas críticas, hasta tal punto que buscar a los heréticos se había convertido en la preocupación principal de los legados papales. Las investigaciones habían sucedido a los interrogatorios, para desembocar en el arresto de catorce individuos, trece clérigos y un laico.

El primer acusado, el más ardiente, era el subdiácono Bernard, clérigo de París que, según se decía, lo ignoraba todo sobre la teología. También estaba Guillaume d'Wire, un descarado orfebre, sectario y devoto de una religión nueva, así como sus cómplices: Étienne, diácono del Vieux-Corbeil; Jean, cura de Orsigny, no lejos de Palaiseau, y Pierre de Saint-Cloud. Este último intentó, en vano, sustraerse a la persecución de los emisarios episcopales. Disfrazado de monje, fue a esconderse a toda prisa en la abadía de Saint-Denis. El obispo de París exigió que se lo entregaran, lo cual no tardó en hacerse.

A los ojos de los prelados, no había ni la menor duda en cuanto a la culpabilidad de estos individuos. ¡Esos clérigos se habían atrevido a negar la virtud de los sacramentos, habían anunciado la cercana disolución de la comunidad fundada por los discípulos de Cristo y proclamado como primer artículo de un nuevo Evangelio la libertad individual de las conciencias!

No habiendo podido desmentir las acusaciones recibidas, o habiendo desdeñado hacerlo, la mayor parte de los inculpados habían acabado reconociendo ante el concilio ser culpables de la totalidad de lo que se les reprochaba.

En un último momento de desafío, el subdiácono Bernard se atrevió a retar el rigorismo ortodoxo de sus jueces haciendo profesión de esta doctrina cuando menos original: «Entre todas las cosas que participan de la vida, una esencia es común, y esta común esencia de todas las cosas es Dios. ¡Entregad mi cuerpo a las llamas de la hoguera o atormentadlo por algún otro suplicio! Vuestro furor entero no destruirá ni una parcela de mi ser, pues, siendo lo que soy, soy Dios».

Como era de esperar, Bernard fue el primer inscrito en la lista de los ajusticiados. Algunos pensarán que era tal vez la gloria que él había buscado.

Un tal Maestro Amaury, oriundo de Bène, en el país de Chartres, fue también condenado. Pero, lo extraño del asunto es que Amaury llevaba ya muerto y enterrado ¡dos años! Se había ganado fama con la enseñanza de la lógica y había emprendido la enseñanza de la teología según un método suyo, personal. Profesaba que todo cristiano era miembro de Cristo y que había sufrido con él en la cruz. Amaury imaginaba, así, en vez del Dios separado de los cristianos, un Dios profano inscrito en las más ínfimas parcelas de la materia. Tales propósitos no podían dejar de acarrearle las maldiciones de los clérigos.

En esa mañana de noviembre de 1210, la condena de los catorce acusados, entre los cuales figuraba Amaury, incumbía a los obispos. Lo que sí incumbía a los teólogos presentes en el concilio era luego buscar qué perniciosas semillas había introducido en los cerebros esta cosecha de herejías. ¿De dónde habían podido sacar estos individuos su inspiración? ¿Ante quién? ¿En qué lecturas?

No hacía mucho tiempo, la universidad de París estaba en posesión de una versión latina de la *Metafísica* de Aristóteles, a la que se habían agregado comentarios anónimos. Se había encontrado, pues, al culpable. ¡Era Aristóteles! Ese *miserable Aristóteles*, como lo había apodado Tertuliano. Él era el responsable de la locura que se había adueñado de aquellos hombres.

El 13 de noviembre, la sentencia fue dictada: «Bajo pena de excomunión, a partir de este momento queda prohibido leer, tanto en público como en secreto, en la ciudad de París, los libros de filosofía que llevan el nombre de Aristóteles y los comentarios que los acompañan. Queda prohibido asimismo copiarlos o memorizarlos. Se incautarán y serán quemados».

El 19 de noviembre, entregados al brazo secular, diez acusados fueron llevados a la hoguera; cuatro fueron condenados a prisión de por vida. Los restos mortales de Amaury fueron desenterrados y quemados.

Ese día alguien hizo la pregunta: «¿Se sabe quién es el autor de los comentarios de Aristóteles?».

III

Nací en Córdoba en el año 1126 de los latinos.

Córdoba, mi ciudad, mi ausencia. Córdoba cuyos perfumes no han cesado nunca de revolotear en mi memoria, en la pena y en la alegría, en los caminos de plata de Sevilla a Lucena y de Fez a Marrakech. Siempre Córdoba. Esta misma tarde noche, mientras derivo hacia el último estuario, vibran en mi corazón las ochocientas columnas de mármol de la Gran Mezquita donde, desde que empecé a andar, mi padre me llevó a alabar al Señor de los mundos. Y mantengo, contra ese gran médico que fue Galeno, que, además de los cuatro climas establecidos: el cálido, el frío, el húmedo y el seco; existe un quinto, el más dulce de todos. Es el clima de Córdoba.

Córdoba, centro de la felicidad, pero sobre todo del saber.

En los tiempos de mi juventud, en ella conté ¡no menos de setenta bibliotecas! Si, aún hoy, los libros latinos permanecen ocultos en las abadías a la sola disposición de los religiosos, los nuestros están por todas partes de la ciudad. Sea en los fastuosos palacios de los emires, las casas de los juristas y los sabios, o incluso en los hogares de los simples ciudadanos.

Mi ciudad.

En ella se habrían contabilizado más de doscientas mil casas ocupadas por la plebe, unas sesenta mil por los dignatarios y la aristocracia, seiscientos baños públicos, ochenta mil cuatrocientas cincuenta y cinco tiendas. Cifras que siempre me han parecido excesivas, puesto que llevarían al improbable número de un millón de habitantes. Yo me inclinaría a pensar que no superaba los doscientos mil.

Pero, ¿es realmente una ciudad este laberinto de lenguas y sonidos, de pieles morenas o blancas? ¿Esta yuxtaposición de rostros, palabras y olores, de retazos de otras ciudades posibles? Tierra mestiza donde cristianos y judíos, las «gentes del Libro», hablan y escriben en árabe sin haber olvidado nunca su propia lengua; donde nadie, ni siquiera los más nobles entre los nobles, aquellos cuyo linaje se remonta a las tribus primeras, puede jactarse de pureza de sangre alguna. Sin duda, es este mestizaje el que nos ha permitido ser una pasarela entre Oriente y Occidente.

Alrededor de la medina, se contaban hasta veintiún arrabales y cada uno de ellos tenía sus propias murallas, sus baños públicos, su mezquita y su zoco. El más célebre se encontraba en la orilla izquierda del Gran Río.

Estaba habitado por comerciantes y artesanos muladíes, esos cristianos que se habían convertido al islam para no tener que pagar la *yizia*, el impuesto anual reclamado a los hombres púberes no musulmanes.

En tiempos del califa al-Hakam I, la población, que lo detestaba, se sublevó. La muchedumbre, irritada, cruzó el puente y rodeó el Alcázar, intentando derribar las puertas. Pero los soldados del califa —los llamaban «los mudos» o «los silenciosos», puesto que eran esclavos extranjeros y no comprendían el árabe— cogieron por la espalda a los amotinados y se entregaron a una masacre que duró tres días. El arrabal entero fue saqueado, igual que una ciudad enemiga conquistada. Trescientos supervivientes fueron ejecutados y sus cadáveres fueron crucificados; en cuanto a los otros se les permitió salvar la vida con la condición de que abandonasen al-Ándalus para no volver nunca jamás.

No conocí esa época, pero sí los tiempos felices de la *convivencia*,[2] o el arte de vivir juntos respetando las diferencias. Período durante el cual judíos y cristianos estaban autorizados a practicar libremente su culto, a comerciar, y a ejercer la profesión que quisiesen con la única condición de pagar un impuesto a las autoridades musulmanas. Se beneficiaban así del estatuto de «súbditos protegidos». Sigue siendo así, aunque numerosas tormentas retumbaran sobre al-Ándalus y existan fuertes desigualdades. A título de ejemplo, el testimonio de un cristiano contra un musulmán no siempre es admisible, y los castigos infligidos por las mismas infracciones son la mitad de inferiores para los musulmanes.

Un poeta escribió:

> Córdoba supera al mundo por cuatro elementos: su puente sobre el río y su mezquita. ¡Son dos! El tercero es Medina Azahara, mientras que el cuarto y más grande es ¡el saber!

La Azahara que el poeta menciona es una ciudad que fue construida sobre los contrafuertes de la Sierra, la «montaña de la Desposada», por orden del califa Abd al-Rahmán III, del que se sabe que prefería las batallas del amor a las de la guerra. Cierta noche, durante una expedición militar hacia el norte, tuvo un sueño erótico que le proporcionó una agradable eyaculación. Delante de un sirviente que le presentaba la palangana para que se purificara con el agua fría, improvisó el inicio de un poema que me parece singular: «Un prolífico derrame se esparció de noche sin que de ello me diera cuenta»; a lo cual el sirviente le habría contestado: «¿Se presentó ella a ti en las tinieblas? Bienvenida sea la visitante nocturna».

Al alba, siempre presa de la excitación, Abd al-Rahmán delegó el mando en uno de sus generales y volvió al galope a

---

2   N. del T.: En español en el original.

Córdoba, aguijoneado por el deseo de abrazar lo más pronto posible a la doncella que había poseído en sueños.

Pero, al mismo tiempo que se extenuaba compartiendo sus horas de delicias entre sus treinta y seis mujeres —pero pienso que la cifra es exagerada—, amaba apasionadamente a una arisca concubina llamada Latifa, que tenía fama de ser un alma egoísta, ávida y seca, hecha para la intriga. Se cuenta que cierta noche, llevado por el deseo, el califa quiso reunirse con ella en su cámara, pero se encontró con la puerta cerrada. Llamó varias veces, pero Latifa se negaba a abrirle, tal vez porque la promiscuidad del incansable emir la cansaba, o porque prefería rechazarlo para atizar su deseo.

«Abre, gacela solitaria» —suplicó el Emir de los creyentes— «ya que la noche es mala consejera para los débiles corazones. No te obstines contra el que más te quiere, no trates con indiferencia un corazón derrotado».

Pero Latifa no quiso saber nada. Abd al-Rahmán se retiró y, al cabo de un momento, volvió discretamente seguido por un grupo de eunucos que llevaban cofres llenos de monedas de oro, y les ordenó en voz baja que los apilaran contra la puerta de la joven. Cuando ella decidió abrir, la muralla de oro se esparció lentamente en el interior de su cámara descubriendo en segundo plano la silueta de Abd al-Rahmán que esperaba en el umbral. Sólo entonces fue cuando Latifa lo invitó a compartir su lecho. Aquella noche le habría costado al califa no menos de veinte mil dinares.

En su vejez, parece ser que sucumbió al arrepentimiento, empujado por temibles teólogos que le predecían los castigos del infierno si no se corregía. Me inclino a pensar que fue más bien su médico personal, Ibn Shaprut, quien le impuso que se calmara. Ibn Shaprut lo había curado de una grave enfermedad. A partir de aquel día, entre los dos hombres debió de nacer una gran confianza.

Medina Azahara.

¿Quién se acuerda todavía de que la ruta que la unía a Córdoba estaba iluminada de noche por cientos de linternas? Desde lo alto de las murallas, se hubiera dicho que era un collar de perlas que se desataba hasta los pies del palacio. Debió de ser un espectáculo único, incluso si la mayoría de las ciudades de al-Ándalus hubieran estado en ese tiempo dotadas de iluminación.

Más de diez mil personas trabajaron diariamente en la construcción de esta ciudad y de su palacio, para los cuales se utilizaron los más preciosos materiales. Unos jardines cavados en cuatro cuencas prolongaban los edificios. Según una leyenda, uno de ellos estaba lleno de mercurio. Me preguntaba a menudo qué podía sentir un visitante llegado de Occidente, de una aldea pobre y bárbara, donde se vivía en casas lúgubres que olían a humedad y sebo, cuando, por orden del califa, un esclavo armado de un bastón, agitaba la superficie del metal líquido. La decoración entera debía descomponerse en cientos de reflejos movedizos y arremolinados, quebrando el orden del tiempo y del espacio, y es probable que, de vuelta a su casa, el visitante estuviera convencido de que un simple gesto de Abd al-Rahmán podía parar o restablecer la rotación del universo.

Medina Azahara fue seguramente un lugar mágico. No tuve la suerte de conocerlo. A consecuencia de la guerra civil que abrasó al-Ándalus y devastó Córdoba, Azahara se vino abajo y su población fue exterminada. No queda nada de esta magnífica ciudad y la sospecho hoy de estar habitada por los *yins*.

Curiosamente, me gustaba estar entre las ruinas. Me sentaba entonces en el suelo, en el centro de lo que había sido la sala de recepción del califa y de la que aún subsistían algunas arcadas y trozos de paredes. Cerraba los ojos e intentaba proyectarme en el pasado. Pero, muy pronto, mi espíritu se abrumaba con preguntas: ¿Por qué? ¿Por qué esa necesidad de grandeza, ese deseo de potencia, el oro, la avidez, la violencia, la ceguera de los príncipes, la injusticia y la muerte de las estrellas? ¿Por qué el universo? ¿Por qué Dios? ¿Existe oposición entre la razón y la fe? Todo esto entrechocaba en mi mente y me iba de Azahara con el espíritu más atormentado que cuando había llegado.

Cierto día, mientras charlaba con un médico sevillano sobre la preeminencia de nuestras respectivas ciudades, le dije: «si un hombre sabio fallece en Sevilla, sus libros serán inmediatamente llevados a Córdoba, donde sin duda encontrarán comprador. A la inversa, si es un músico el que fallece en Córdoba, sus instrumentos irán a Sevilla».

Sí. Córdoba es ciertamente la ciudad del pensamiento.

¿Cuántos ilustres personajes nacieron en ella? Séneca, por supuesto. El filósofo Séneca, Séneca el Trágico. Séneca del que me gusta recordar que escribió:

> Hay horas que nos quitan por la fuerza, otras por sorpresa, otras se nos derriten entre las manos. No obstante, la más vergonzosa pérdida es la que proviene de nuestras negligencias y, si no estamos atentos, la mayor parte de nuestra vida la pasamos actuando mal, una gran parte no haciendo nada, y todo el tiempo haciendo algo diferente a lo que deberíamos hacer.

En Córdoba también nacieron el teólogo Ibn Hazm, el sabio autor de cuatrocientas obras, y el poeta Ibn Quzmán a quien tuve la oportunidad de conocer. Un personaje singular, miembro de una familia de secretarios, dedicó su tiempo de ocio a la búsqueda de amores —femeninos y masculinos—, fiestas, borracheras y, sobre todo, de mecenas dispuestos a pagar sus panegíricos, lo cual no restaba nada a su talento. Antes de morir, Ibn Quzmán expresó un deseo que chocó a más de uno: exigió ser enterrado envuelto en pámpanos y que vertieran vino sobre su cadáver. Está en el infierno, o en el paraíso. Me inclino a pensar que está en el paraíso.

Séneca, Ibn Hazm, ¿y cómo podría olvidar a ese venerable pensador, a quien los latinos conocían con el nombre de Maimónides y que es, para los árabes, Músá Ibn Maimún?

He oído decir a menudo, aquí y en otras partes, que fuimos amigos. Incluso se afirmaba con seguridad que fue discípulo mío, lo cual es falso. Cuando él y los suyos huyeron de Córdoba para escapar del deseo de venganza de los nuevos dueños de al-Ándalus, Ibn Maimún no tenía más de trece años apenas. Yo tenía veinticinco. Él y su familia erraron durante unos diez años a través de la Península antes de exiliarse en el Magreb. Nuestros caminos hubieran podido cruzarse, pero no hicieron más que perderse. Es sorprendente que algunos hayan afirmado que yo era judío y que él, que era judío, se habría convertido al islam. Aquí estamos en el territorio del rumor. Y los rumores son perniciosos ya que hacen que el ignorante acabe creyendo que sabe.

También se divulgó que el médico persa Avicena habría venido a Córdoba, donde habría muerto entre horribles sufrimientos, ¡víctima del odio que yo le tenía! ¡Hueras palabras! Estos chismorreos se basan en el hecho de que yo a menudo había expresado mi desacuerdo con determinadas tesis defendidas por el que a mis ojos es el príncipe de los médicos. Tales acusaciones son necias. Con razón: Avicena nunca salió de su tierra de origen, Persia, y cuando yo nací, ¡hacía más de un siglo que él había muerto!

También se pretendió que yo había aprendido filosofía con el médico y filósofo Avempace. ¡Otras palabras hueras! Yo no tenía ni doce años cuando este prestigioso sabio murió en Fez, envenenado por los infieles.

Durante este tiempo, tal y como lo he indicado, aunque el nombre de Aláh dominara en el cielo de al-Ándalus, cristianos, judíos y musulmanes vivían en armonía. Fue alrededor del año 1106 cuando sobrevino la tormenta de la que he hecho mención más arriba: un beréber llamado Ibn Túmart, nacido en un pequeño pueblo del Atlas, había logrado reunir un ejército formado por montañeses sedentarios. Ibn Túmart se consideraba a sí mismo como el único intérprete infalible del Corán. Se le apodaba «el impecable». Adoptó el título de al-Mahdí, santo redentor del islam que, se suponía, iba a unir a todos los musulmanes bajo su estandarte. A sus ojos solo existían dos leyes: el Corán por un lado y el sable por el otro. Dio a su concepción de la religión el nombre de *tauhíd*, unitarismo. De ahí, la apelación de sus adeptos: *al-Muahhidún* o almohades, que significa que Dios es Uno, que Él no tiene igual alguno.

El personaje estaba, pues, impregnado de concepciones religiosas rígidas y llamaba a una vuelta a las fuentes del islam. Condenaba el lujo de la vestimenta y rompía, en todas partes donde los encontraba, los instrumentos de música y las ánforas de vino. Considerando que las costumbres de los almorávides se habían relajado gravemente, contaminadas por la dulzura de vivir en al-Ándalus, decidió que era su deber exterminarlos. Fue mortalmente herido el día que intentó apoderarse de la ciudad de Marrakech. Tras un periodo de tres años durante los cuales se había guardado su muerte en secreto, le sucedió su primer y más cercano discípulo: al-Mu'min.[3] Adoptó para sí mismo el título de Emir de los creyentes y emprendió la conquista de los llanos y las ciudades almorávides antes de lanzar sus tropas hacia al-Ándalus.

A partir de entonces, se acuñaron monedas cuadradas en vez de las circulares; la escritura cursiva se prefirió a la cúfica;[4] las mezquitas almorávides fueron purificadas y su

---

3 Abd al-Mu'min Ibn Alí al-Kúmí o Abd al-Mu'min. Por motivos de simplificación, hemos optado por abreviar la mayor parte de los nombres árabes.

4 Uno de los estilos de la caligrafía árabe, el más antiguo. Saca su nombre de la ciudad de Kúfa, en Irak, donde fue desarrollado.

quibla[5] corregida en algunos casos; empezaron a utilizarse nuevas fórmulas de llamamiento a la oración y hubo que formar a nuevos almuédanos.

Un mundo se hundía, otro iba a emerger sobre sus ruinas.

Toda mi vida estuve obligado a cortejar a estos nuevos príncipes, a evitar el enfrentamiento para escapar del sable o el exilio. «Besa la mano que no puedes morder», dice el proverbio. Lo confieso, besé la mano de los almohades y de ello sufrí en secreto. Yo, el racionalista por excelencia, he obrado con mis contrarios, con los defensores de la práctica religiosa más extrema. A quienes pudiesen acusarme de debilidad, o peor, de oportunismo, replicaría que lo que cuenta no es el creador sino su creación. Pensaba que mis escritos, mis pensamientos, mi visión filosófica debían vivir cualquiera que fuese el precio a pagar. Lo cual no impidió las horas de desgracia.

Córdoba cayó en 1148 de la era latina.

Yo acababa de cumplir veintidós años. Ibn Maimún tenía trece.

En cuanto se adueñaron de la ciudad, los nuevos conquistadores sometieron a los judíos a un doloroso dilema: el exilio o la conversión. Según los decires de algunos, la familia Maimún —desgarrada en su corazón— se resignó a convertirse al islam. Otros afirman que se negaron categóricamente a abjurar de su fe y optaron por el exilio. Sea lo que fuere, este episodio pone de relieve ese mal que asola desde la noche del mundo: la negativa a reconocer al otro el derecho de pensar de forma diferente, de respirar a su ritmo, de amar a aquel hacia quien su corazón lo lleva. Ni los árboles, ni las flores, nada en la naturaleza es doble. No existen gemelos entre los astros, ni entre los ríos ni entre nuestras reflexiones. Yo mismo he sufrido tanto

---

5   Dirección hacia la cual los fieles deben orientarse para hacer la oración.

de esta ceguera que mis heridas siguen sangrando todavía. Sangrarán en mi mortaja.

Muchos años más tarde, en 1160, mientras efectuaba una estancia en Ribát al-Fath,[6] me enteré de que Ibn Maimún vivía en Fez. Le escribí. Me contestó entre otras cosas sobre su pseudo conversión al islam. Iniciamos una correspondencia de las más fructuosas. Divergíamos sobre determinados puntos de lógica, pero aquellas divergencias no hacían más que enriquecer nuestros intercambios. Espero que después de mi muerte mi hijo conserve nuestras cartas, pero cuidará de no transmitírselas a cualquiera. Son más abrasadoras que los fuegos del alba cuando esclarecen el inmenso mar de arena.[7]

Más de una vez pensé en ir a hacerle una visita a Ibn Maimún, pero las vicisitudes de mi vida me lo impidieron.[8] Hace dos años, en 1196, me hizo llegar un ejemplar de su *Guía de los perplejos*. He observado en él numerosas ideas que comparto. La obra es brillante. Ibn Maimún se dirige, de hecho, a los creyentes indecisos puesto que no llegan a conciliar ciencias y religión. Observo, por otra parte, que, igual que yo, Ibn Maimún no pretende que la fe en la razón agote las razones de la fe, aunque algunos nos acusan, tanto al uno como al otro, de haber concedido indebidamente excesiva importancia a la razón.

En su última carta, Ibn Maimún me informaba de que se había instalado en Egipto, en Fostát (el Viejo-Cairo), promovido a médico personal de Saladino, el conquistador de

---

6   Antiguo nombre de Rabat.

7   Esta correspondencia que cita Averroes es sorprendente. No se menciona en ninguna parte. Si realmente existió, su descubrimiento sería sencillamente prodigioso.

8   Sin duda, Averroes no supo nunca que, en una carta enviada desde El Cairo, en el año 1190-1191, a su discípulo Joseph ben Juda, Maimónides decía esto: *He recibido últimamente todo lo que Ibn Roshd ha compuesto sobre las obras de Aristóteles, excepto el libro Del sentido y lo sensible, y he visto que había encontrado la verdad con gran justeza.*

Jerusalén; cargo que le valió las enemistades de numerosos judíos que lo acusaban de apoyar los intereses de los musulmanes. Se sigue viendo todavía: todo es solo ausencia de discernimiento y vivimos un tiempo de vanos combates. Nunca agradeceré lo suficiente al Altísimo por haberme permitido nacer en una familia donde reinaba la indulgencia y el saber. Una familia unida y feliz.

IV

Doce años después de la muerte de Averroes
Convento Saint-Jacques, París, 1270

La mano del fraile Tomás de Aquino corría, rabiosa, sobre el pergamino, no parándose más que el tiempo necesario para sacar tinta del godete.

> Del mismo modo que por naturaleza todos los hombres desean conocer la verdad, hay en ellos un deseo natural de escapar del error y de refutarlo cuando tienen la posibilidad de hacerlo. De todos los errores, el más indecente es el que se refiere al intelecto, es decir el alma, el pensamiento, la facultad de conocer y de comprender. Sin embargo, hace algún tiempo que una herejía ha empezado a propagarse en el mismo corazón de la universidad de París. Tiene su origen en las tesis de un filósofo musulmán llamado Averroes. Este personaje afirma (apoyándose en Aristóteles) que el intelecto está *separado del cuerpo*. Que no sería propio a cada individuo, sino que formaría parte de un todo. En nombre de Aristóteles, el cordobés pretende que no habría más que una sola inteligencia para toda

la especie humana. Por medio de nuestros cuerpos es como nos vinculamos, mientras vivimos, con este intelecto con el fin de pensar. Por consiguiente, una vez muertos, ¡nada personal o individual subsiste!

Hemos escrito ya varias veces contra este extravío, pero, puesto que la impudencia de los partidarios de Averroes sigue resistiendo a la verdad, la intención que nos anima hoy es la de producir contra esas ideas nuevos argumentos para refutarlas a los ojos de todos.

Tomás marcó una pausa y su mirada se desvió hacia la ventana en la que entrevió su reflejo. Cabeza de toro, corte de pelo en forma de cuenco, mejillas gruesas, con ese aire taciturno que no lo abandonaba nunca. No es por nada que sus camaradas dominicos le habían puesto el apodo de «buey de Lucania». Él prefería, y de lejos, el de «príncipe de la escolástica».

Puso la pluma en el tintero y con la ayuda de su pulgar y su índice, se frotó durante un buen rato en la comisura de la nariz y los ojos. ¡Cuánto tiempo desde su estancia en la prisión de Roccasecca en Italia, en el corazón de la provincia de Frosinone! Estancia breve, afortunadamente. ¡Estancia absurda! Porque a los diecinueve años decidió unirse a los Hermanos dominicos en París, ¡a su familia no se le había ocurrido nada mejor que mandarlo arrestar y encarcelar! Sin la intervención del emperador Federico II en persona, estaría todavía pudriéndose detrás de las rejas.

Dio un suspiro y retomó la escritura.

Nuestro método no consistirá en explicar que la postura de Averroes es errónea porque es contraria a la verdad de la fe cristiana. ¡Saltaría a la vista de cualquiera! Si el ser humano no estuviera dotado de un pensamiento que le es propio, entonces no habría ni recompensas ni castigos, ¡ni infierno ni paraíso! No, nuestra intención es demostrar que el averroísmo es un extravío filosófico.

El dominico levantó la mano y constató que temblaba ligeramente. La edad, sin duda. Dentro de pocos días, tendría cincuenta y seis años. Ya no le quedaba mucho para morir. Lo presentía. Cuando acabara su texto, podría elegir entre dos títulos: *¿De la unidad del intelecto contra Averroes* o *Contra Averroes?* Esta segunda opción le parecía más contundente. Sí. *Contra Averroes.*[9]

¡Era hora de acabar con ese hereje!

Algunas toesas más abajo, en el jardín del convento, fray Paul se paró, guardó su rosario en el interior de su túnica y levantó los ojos hacia la ventana detrás de la cual imaginó la silueta agachada de su correligionario.

—Escribe todavía —dijo manteniendo fija su atención.

—Sí —asintió el monje que estaba a su lado—. Escribe. Yo no creo que vaya a parar pronto. Pienso que tiene razón. Es hora de acabar con este extravío que está corrompiendo la universidad de París. Es urgente restablecer la verdad. Los comentarios de Averroes sobre *De Anima* son blasfematorios.

Fray Paul se arriesgó a decir:

—¿Sabes sobre qué versión del libro de Averroes trabaja nuestro amigo?

Su colega dominico confesó su ignorancia.

—Es una versión que viajó desde Palermo a la Persia pasando por Oriente antes de acabar encima de su mesa. Se trata de una pésima traducción del árabe al latín, vieja, de cuarenta años, traducida por un inglés, a menos que sea escocés, un

---

9 *De unitate intellectus contra Averroistas.* Publicado en 1270.
   N. del T.: *Sobre la unidad del intelecto contra los averroístas,* Introducción, traducción al español y notas de Ignacio Pérez Constanzo e Ignacio Alberto Silva. Barañáin: EUNSA, 2005.

tal Michael Scot, cuyo vocabulario y cuya sintaxis cargados de arabismos, hacen totalmente incierta la interpretación. En resumen, ¡fray Tomás está forcejeando con una versión latina, derivada de una traducción árabe, ella misma sacada de una traducción siriaca de un texto griego en su origen! Hay que luchar sin cesar contra un texto oscuro y truncado, adivinar a Averroes por medio de Aristóteles. Seguir paralelamente el pensamiento del discípulo y del maestro. Además, es la única obra del filósofo árabe que hasta hoy nos haya llegado. Sin embargo, parece ser que escribió más de cincuenta. Sería como si la posteridad no transmitiera más que un solo libro de nuestro hermano Tomás descuidando la inmensa suma de su trabajo. ¿Se juzgaría, pues, a un sabio a partir de uno solo de sus textos?

El interlocutor de fray Paul hizo un gesto de irritación.

—¡El problema no está allí! Las ideas del cordobés hacen daño a nuestra comunidad. ¡No está bien ver a cristianos convertirse en discípulos de un infiel que merece menos el título de filósofo que el de corruptor de la filosofía! ¡Ni Avicena, ni Aristóteles, ni Alejandro de Afrodisias, ni al-Ghazálí se atrevieron a evocar la teoría demente que propone este siniestro individuo! ¡Es hora de poner orden!

Paul guardó silencio, dejando proseguir a su colega:

—Según Averroes, el hombre no sería el autor de sus propios pensamientos. Le serían insuflados por una suerte de intelecto superior que flotaría en alguna parte del cosmos. Querría decir que a título individual ¡el hombre *no piensa*! ¡«Se» piensa para él! Más blasfematorio aún: ¡declara que no existe inmortalidad del alma individual! El alma nacería con el hombre y perecería con él sin retorno posible. En conclusión, cito a Averroes, *el individuo, en tanto que tal, no dura más de lo que dura su vida terrestre.*

Paul rectificó:

—«En tanto que tal», la precisión cuenta.

—¿Qué quieres decir?

—Quiero decir que la expresión *en tanto que tal* significa que algo del hombre le sobrevive cuando ya no existe.

—¿Y qué sería?

—Este alma universal que se introduce en su cuerpo (pero sin mezclarse con él) cuando nace, que se desarrolla luego a lo largo de su existencia terrestre y se perfecciona a medida que vive la experiencia del mundo. Es esto lo que queda y perdura en el universo. En conclusión, el pensamiento del ser humano sería el reflejo de una única *inteligencia* y todas las reflexiones el reflejo de esta última.

—¿Mides tú la enormidad de tal teoría?

Paul guardó silencio. En su fuero interno, comprendía la emoción que suscitaba este asunto, pero en ningún caso podía el cordobés ser calificado de blasfematorio, de odioso personaje digno de execración. No. En el peor de los casos, no sería más que un hombre que estaba en busca de la verdad.

V

Mi padre se llamaba Abú al-Qásim Ahmad.

Nació en 1094 de la era latina. Igual que mi abuelo, ocupó el cargo de cadí de Córdoba. Un cadí es un juez de formación religiosa encargado de aplicar la ley, puesto que en tierra del islam lo jurídico y lo religioso no pueden estar separados el uno del otro. Los dictámenes que pronuncian los jueces llevan el nombre de *fatuas*.

Tenía un hermano, Dyibríl, y dos hermanas: Mariam y Malika. Mayores que yo.

Me acuerdo de mi padre como a un hombre docto y austero. Hay que decir que era bastante mayor cuando yo nací. Había pasado la treintena. Semblante demacrado, adornado con una barba demasiado pronto canosa, inspiraba respeto. Creyente, practicante, me transmitió sus conocimientos en jurisprudencia. Eran muchos.

Lo quería y lo temía. Cuando le besaba la mano, por momentos la emoción me hacía temblar. ¿Cómo podía ser de otra manera? En nuestras familias, los padres son símbolo de autoridad; el mío, por su función de juez, lo era aún más. Sin haberlo expresado nunca, creo que él también me quería.

Mi madre, Salma, era la dulzura misma. Tenía diez años menos que mi padre. La veo. Está aquí.

Se ama a una madre con otro amor que el que se siente por el padre. Un amor que se extiende hacia nosotros e implora: «Tómame, tómame, puesto que eres mío». Del vientre de mi madre, ¿cuándo salí? ¿Qué rey se desarraiga realmente, definitivamente, de este reino? Tengo la certeza de que los que no tiemblan con el recuerdo de su madre no son hombres. Siendo ya muy mayor, ocurre que a veces me enrosco en su recuerdo. Herido, contusionado, insultado, traicionado, en su vientre es donde vendo mis heridas. Oigo a veces su voz llena de reproches: «¿Por qué te vistes de esta manera, hijo mío? ¿Por qué llevas esa ropa desgastada? Eres hijo de cadí, eres Ibn Roshd y me das ganas de darte limosna».

Tenía razón. Pudiendo ofrecerme los más bonitos vestidos, llevaba durante todo el año las mismas túnicas, y me contentaba con vulgares sandalias de madera mantenidas por una correa. ¿Deseo de fundirme en la muchedumbre? ¿Humildad? ¿Ascetismo? No sabría decirlo. En cualquier caso, mi apariencia indumentaria se unía al poco interés que tenía por la alimentación: siempre me he contentado con una sola comida al día. Según decía mi padre, cuando nací, al-Ándalus atravesaba una época muy confusa. Córdoba había perdido su esplendor. La Península se había parcelado en decenas de pequeños reinos, donde unos reyezuelos no vacilaban en acudir a mercenarios cristianos para reforzar sus ejércitos. He oído decir que, entre estos, hay uno que hizo hablar mucho de él, proponiendo sus servicios al mejor postor. Un vendido, en cierto modo. Combatía unas veces contra los musulmanes y otras contra los cristianos. Los latinos lo llamaban al-Sid.[10]

No conocí a mi abuelo, Abú al-Ualíd Mohammad. Se murió tres meses antes de mi nacimiento. Sé, sin embargo, que gozaba de un extraordinario prestigio en el seno de la magistratura. Los que lo conocieron ensalzaban sus virtudes. Ayunaba los viernes incluso cuando estaba de viaje, y se

---

10   Se trata, por supuesto, de Rodrigo Díaz de Vivar.

le consideraba como el más ilustre jurisconsulto de su tiempo. Fue, como mi padre lo sería tras él, un magistrado de gran probidad. Actitud que merece ser elogiada. ¡Cuántos funcionarios, juristas, jueces, secretarios se aprovechaban de sus funciones para hundirse en la corrupción!

Para distinguirme de mi abuelo, cuyo nombre llevo, durante mucho tiempo me llamaban *al-Hafíd*, el nieto. Más tarde, mucho más tarde fue cuando, por mi vida, por mis trabajos, este apodo fue olvidado y ya solo me llamaban Ibn Roshd.

Hacia el año 1117, el emir que reinaba en ese momento en al-Ándalus nombró a mi abuelo juez supremo, o sea jefe supremo en la jerarquía de los cadíes de la provincia. Cadí de los cadíes. Función de las más honoríficas que existen. El que ostentaba este título podía nombrar a los jueces, controlarlos, e incluso revocarlos.

Mi abuelo tuvo que expresarse sobre diversos temas como el de llevar velo. En efecto, para los almorávides, los hombres seguían llevando, como antaño en el Sáhara, una larga pieza de tela sombría que escondía la parte baja de la cara, mientras que las mujeres —supervivencia de una época en que entre los beréberes la madre tenía una gran autoridad— se desplazaban con la cara descubierta y gozaban de una libertad total de apariencia. Numerosos habitantes de al-Ándalus consideraban que debía ser así para los hombres y manifestaban para que, al igual que las mujeres, los hombres se desvelaran.

Tras una profunda reflexión, mi abuelo zanjó el asunto a favor de que los hombres siguieran llevando velo. Para él, estaba justificado ya que representaba un signo distintivo y de nobleza.

A mi padre es a quien debo haber conocido el mejor sistema de educación. El aprendizaje de la lengua árabe estaba organizado a partir del Corán, que el alumno tenía que aprender de memoria. Pero contrariamente a la costumbre magrebí de no aprender nada más que este libro sagrado, nuestros maestros nos proponían una variedad de poesías. Así es como descubrí los poemas de al-Mutanabbí, a quien apodaban el «Profeta autoproclamado». Es, a mis ojos, un maestro del verbo, y lo considero como uno de los más grandes poetas de las letras árabes y, con total certeza, el más majestuoso de todos ellos. Tenía una extraordinaria capacidad para describir las emociones y una profunda comprensión de la vida. Sus versos sobre la naturaleza humana y las fluctuaciones de la suerte se han convertido en fuentes de sabiduría que a veces cito.

Pero fue gracias a mi padre que aprendí jurisprudencia, e instigado por él, desde los quince años, estudié los actos y los propósitos del Profeta (paz y saludo sobre él), lo que llamamos *hadices*.

Esta noche, mientras pienso en esto, constato que, en toda mi vida, no he pasado más que tres noches sin estudiar: la de mi casamiento, la de la muerte de mi padre y una noche de la vergüenza de la que hablaré. Y si tuviera que hacer la cuenta de las hojas que llené desde la edad de los veinte años, no estaría muy alejada de las diez mil.[11]

El día de mis veintitrés años, el 17 de agosto de 1149, al mismo tiempo que proseguía con asiduidad mis clases de jurisprudencia, decidí estudiar en paralelo medicina. Pienso que mi interés por esta ciencia nació el día en que mi hermana Mariam se puso enferma. Un médico convocado para cuidarla nos anunció que su estado era tan grave que se podía temer por su vida. Todas las mañanas, venía a visitarla para administrarle unas preparaciones sabias. Desafortunadamente, cada vez que se iba, la expresión de su cara se ensombrecía, hasta el día en que nos anunció que el alma de Mariam estaba al filo de la muerte, que no se

---

11 Esta cifra que parece exagerada fue confirmada más tarde en un célebre repertorio biográfico redactado por Ibn al-Abbár (1199-1260), diplomático e historiador de la España medieval.

trataba más que de una cuestión de horas. Estaba acertado. Apenas se había ido, mi madre y mi hermana se retiraron para rezar. Devastado, mi padre salió de la casa para ir a llorar lejos de nuestras miradas, mientras que mi hermano Dyibríl se refugió en un rincón de la casa, enmudecido por el sufrimiento.

La noche pasó con la muerte al acecho.

Pero al alba, en el momento preciso en que se elevó la voz del almuédano, Mariam abrió los ojos y reclamó agua. Como por arte de magia, la enfermedad había desertado de su cuerpo.

Una cuestión brotó de inmediato en mi cerebro. A menudo había oído decir que todos éramos iguales ante la enfermedad; entonces ¿por qué existen seres que poseen el misterioso don de vencer ahí donde la medicina resulta impotente? ¿Cómo actúan sus órganos? ¿Cuáles son? ¿Cuál es el papel de cada uno de ellos?

Cuando comuniqué a mi padre mi deseo me contestó:

—Es una bella y noble ciencia, hijo. Me adhiero a tu elección y, lo confieso, me alivia. Prefiero la medicina a la filosofía. La filosofía es una disciplina improbable que levanta unos interrogantes a los cuales responde con otros interrogantes. Me he percatado de tu inclinación por esta forma de especulación, pero te aconsejo firmemente evitarla.

Protesté:

—Padre, la filosofía es amiga de la sabiduría. Es una disciplina que abre el campo de las interpretaciones y de la reflexión, la filosofía…

—Hijo, la filosofía es un caravasar, en él encontramos lo que traemos. Volvamos a la medicina… Su estudio necesita tener un gran maestro. No obstante, los más prestigiosos están muertos: Avicena, Galeno, Hipócrates, al-Rází. En nuestros días, no veo más que dos médicos a quienes se podría considerar como sus dignos sucesores. El primero se llama Abubácer. Tiene fama de ser un brillante médico y de prodigar excelentes remedios. Es una autoridad en todo al-Ándalus e incluso más allá. Si decides encontrarlo, deberás ir a Granada, ya que allí es donde ejerce actualmente. El segundo en quien pienso es Abenzoar.[12] Vive en Sevilla y es tan brillante como su colega. Los conozco. Puedo proponerles que te acojan como discípulo. Pero si quieres mi opinión, estás hecho para la jurisprudencia. Has heredado las cualidades de tu abuelo. Tienes talento para ser futuro cadí.

Sonreí. Si la medicina me atraía, sentía sobre todo una pasión por la *falsafa*, esa rama del pensamiento árabe que daba prioridad al legado intelectual helénico, siendo plenamente consciente de que esta herencia nos viene de unos paganos. Pero mi padre no lo hubiera apreciado.

Por ello, declaré:

—Muy bien, padre. Estoy dispuesto a colocarme bajo la protección de estos hombres y su saber.

Dos meses más tarde, llegué a Granada. Hacía un frío glacial y unas manchas de nieve cubrían la cima de las montañas. Tras haber atravesado la espesa muralla que rodeaba la ciudad, llevé mi montura hacia la orilla derecha del Darro. A media milla se levantaba el barrio del Albaicín situado en lo alto de una colina. Hasta donde alcanzaba la vista se extendían la llanura de la Vega y unos jardines de olivos y naranjos. Era la primera vez que yo salía de Córdoba. Había recorrido más de setenta millas, de norte a sur, atravesando pantanos, superficies desiertas y bosques densos, paisajes serenos y desgarrados, pueblos blancos y laderas llenas de sombra, campos fértiles y tierras áridas.

El entramado de callejuelas era por momentos tan estrecho que los flancos de mi caballo rozaban las paredes. Me habían prevenido sobre el hecho de que cada propietario de terreno tenía la libertad de fijar a su antojo el ancho de

---

12 Nombres latinizados de Ibn Tofail y de Ibn Zohr.

las calles o la altura de los edificios. No me imaginé que pudiese llegar a tanto. Pronto llegamos ante una casa aislada, pintada de un blanco inmaculado. Una ventana cimbrada con bastidores sobresalía en la fachada. Eché por tierra, cogí la aldaba de hierro y llamé con un golpe seco. Un instante más tarde, un sirviente me introdujo en el vestíbulo y me rogó que aguardara en aquel lugar. No tuve que esperar mucho. Apenas había desaparecido, apareció Abubácer. Me sentí de inmediato impresionado por la agudeza de su mirada. Era de pequeña estatura (yo era apenas dos pulgadas más alto que él) y una barba canosa adornaba su cara. No tenía más de treinta y cinco años.

—La paz sea sobre ti, Ibn Roshd. Bienvenido seas. ¿Has hecho un buen viaje?

Al mismo tiempo que hablaba, me invitó a entrar en un salón con alcobas que daba a un pequeño jardín. En un ángulo, vi un escritorio colocado sobre una imponente alfombra de seda, y unas estanterías que se doblaban bajo el peso de los libros.

Abubácer me indicó un asiento y se sentó detrás de su escritorio. Fue en este mismo instante cuando vi un frasco de vino de cuello largo y una copa. Estuve, lo confieso, algo impresionado, pero no dejé que se viera y guardé la mirada gacha. Estaba tanto más intimidado cuanto que antes de venir me había sumergido en la lectura de una deslumbrante obra de la que mi huésped era el autor. Se trataba de un cuento filosófico: *Viviente hijo del despierto*.[13] Pura obra maestra. El libro relata como un niño solo en una isla desierta consigue responder a todas sus necesidades y a descubrir, mediante la única fuerza de su razonamiento, las nociones

---

13 Esta obra, curiosa en más de un aspecto, escrita seiscientos años antes de *Robinson Crusoe* de Daniel Defoe, ha constituido uno de los primeros *best-sellers*, anterior incluso a la imprenta. Es también la única obra de Abubácer conocida hasta el día de hoy. No queda nada de sus otras obras.
N. del T.: Hayy ibn Yaqdhán, traducido al español por Ángel González Palencia con el título El filósofo autodidacta. CSIC, 1948.

más elevadas que la ciencia humana posee sobre el universo. Al hilo de la lectura, se ve que por la reflexión nos es posible alcanzar el conocimiento de la *causa primera*. Es decir, el Creador. Evidentemente, había ocultado esta lectura a mi padre, que estaba lejos de sospechar que Abubácer, a quien él mismo me recomendaba, era también filósofo.

—¿Entonces quieres estudiar la medicina?

Asentí.

—¿Sabes que esta ciencia no hace milagros? ¿Que, a pesar de toda tu devoción, algunos de tus pacientes se morirán? Es una ciencia que solo formula cuestionamientos, Ibn Roshd. ¿Estás determinado a afrontarlos?

Sin dejarme tiempo para contestar, añadió:

—¿Por qué se producen estos aumentos repentinos de fiebre? ¿Por qué el corazón se inflama y se apaga? ¿Cuáles son esas armas invisibles que tiene el cuerpo para resistir a los asaltos más temibles? Misterio, misterio, el ser humano no es más que misterio.

Le confié:

—Un día vi a mi hermana agonizando. El médico la había condenado y, sin embargo, sin motivo aparente, sobrevivió y venció la enfermedad.

—Ahí está todo el enigma que nos atormenta. ¿Tendrá el hombre en sí mismo el poder de superar el mal?

Cogió el frasco de vino.

—Es *zabíbí* de Sevilla, un excelente vino. ¿Quieres?

Tuve un movimiento de retroceso.

Abubácer soltó una carcajada.

—¡Ah! Ya veo. Formas parte de los que condenan el consumo del alcohol.

Siguió con un encogimiento de hombros:

—Personalmente, aprecio este brebaje y no soy el único. Todos los poetas y todos los príncipes, e incluso algunas mujeres y el populacho, lo consumen. Se puede comprar en todos los zocos.

Le dije:

—Se podría prohibir su venta.

—No hablas en serio. Cuando, tras haber ordenado la destrucción del mercado de vinos, un califa tuvo la idea de arrancar todas las viñas, sus consejeros le demostraron entonces que sus súbditos se emborracharían ¡con mosto de higos!

Abubácer se calló, llenó su copa y continuó:

—Sura contra sura. Permíteme recordarte la descripción del Paraíso prometido a los piadosos: *habrá en él arroyos de agua incorruptible, arroyos de leche de gusto inalterable, arroyos de vino, delicia de los bebedores.*[14]

Se tomó un trago.

—Por mi parte, no me siento en absoluto dispuesto a esperar la muerte para saciar mi placer. ¿No has estado nunca en una *jammára*.[15]

Negué con la cabeza.

—Eres libre de tener o no la experiencia. Yo pertenezco al grupo de los creyentes que piensan que algunos versículos fueron circunstanciales. En la época del Profeta, beber vino bajo el sol de La Meca y combatir no eran evidentemente compatibles.

Sonrió.

—Yo no tengo la intención de tomar las armas. Y bebo a la sombra.

Me cuidé de no hacer ningún comentario. Estaba al corriente, por supuesto, de las borracheras que tenían lugar en los *mayális*, o salones de los emires, y en las casas de los notables. Como sabía también de los paseos que daban las gentes de ambos sexos, por la noche, a orillas del Gran Río.

---

14 Corán, XLVII, 15.
   N. del T.: Traducción de Julio Cortés. Es la que aquí se utiliza para la traducción de todas las citas coránicas.

15 Especie de taberna. La palabra *jammára* se deriva de *jamra*, «vino». Este tipo de establecimientos era entonces muy común en al-Ándalus.

Alquilaban una barca, encontraban un lugar discreto donde amarrarla y allí se entregaban a los juegos del amor y bebían hasta emborracharse. Es una elección. No la condeno, pero no es la mía.

Abubácer se inclinó bruscamente hacia mí y tendió la muñeca.

—Palpa mi pulso.

Obedecí, algo indeciso, imitando el gesto que había visto hacer muchas veces por el médico que se había ocupado de mi hermana. Puse tres dedos, el índice, el dedo corazón, y el anular sobre el trayecto de la sangre.

—¿Qué percibes? Preguntó Abubácer.

—Pulsaciones…

Soltó una carcajada.

—¡Ahora estoy aliviado! No estoy muerto, pues. Pero eso no era mi pregunta. Concéntrate bien. ¿Mi pulso es fluyente?

—Perdóneme, maestro, no comprendo.

Retiró su muñeca.

—Debes saber que no existe un latido único e indivisible. El gran Avicena enumeró sesenta variantes simples y treinta complejos. Este solo estudio requiere horas, incluso días de observación. La medicina no es una ciencia fácil, Ibn Roshd. Exige paciencia, asiduidad, memoria, sentido de la observación y de la escucha, y cantidad de cualidades que no todos tenemos. ¿Sabrás ser tenaz?

Me apresuré a contestar:

—Sí, maestro. Sí. Desde luego.

Abubácer meditó un instante antes de anunciar:

—Muy bien. Sin embargo, debes saber que, al más mínimo fallo, te mando de vuelta a casa de tu padre. Me imagino que no tienes un lugar donde alojarte.

—Sí. Un tío que vive aquí, en Granada, ha aceptado alojarme el tiempo que haga falta.

—Puedes tranquilizarlo desde ahora. Dentro de un año

todo lo más, si Dios quiere, me mudaré a Córdoba. Estoy harto de Granada.

Se levantó. Signo de que la entrevista había terminado.

Me llevó hasta la puerta y, poniendo la mano derecha sobre su corazón, susurró:

—Que la paz te acompañe.

Así es como empezó mi largo y difícil viaje por el camino de la ciencia. Gracias al *Libro de la práctica* de Abulcasis, aprendí la técnica de la escayola para mantener los miembros fracturados, y la utilización de la ligatura de los vasos sanguíneos en lugar del cauterio. Aprendí a emplear perfectamente las tripas de los animales para suturar heridas. Abulcasis habría hecho este descubrimiento el día en que constató que, tras haber comido un simio las cuerdas de un laúd, no las había vomitado. Aprendí el uso del algodón como compresa para el control de las hemorragias. La colocación de sanguijuelas para retirar la mala sangre de las partes más profundas del cuerpo. La manipulación del escalpelo, de los separadores, de las pinzas quirúrgicas, de las sondas, de los espéculos y de las sierras para los huesos. Y, sobre todo, me encontré ante un instrumento sorprendente: una aguja hueca de vidrio, montada sobre una jeringa metálica, que permite tratar por aspiración la catarata.

Me gustaban aquellos días pasados en Granada al lado de Abubácer. Después de la lectura del *Viviente hijo del despierto*, me surgió la certeza de que iba al encuentro de alguien que además de ser médico, era filósofo. En cambio, no me podía haber imaginado nunca que fuera también un brillante astrónomo. Había descubierto un sistema astronómico y unos principios para los movimientos de las estrellas, distintos de los que Ptolomeo expone en su *Almagesto*. Le saqué la promesa de que escribiría sobre ello, pero, desafortunadamente, no lo hizo nunca.

VI

No sé por qué de pronto me acuerdo de al-Ghazálí.

Si hubiera tenido la oportunidad de encontrarme con él, ¿habríamos podido evitar el enfrentamiento?[16] Casi todo nos separaba. Lo sospecho por haber estudiado a Aristóteles, a Platón y a otros, solo para refutarlos mejor. El título de una de sus obras, *La Incoherencia de los filósofos,* es lo suficientemente elocuente como para no tener que explicar el desprecio que tenía hacia los pensadores. Le repliqué con *La Incoherencia de la incoherencia.*

¿Cómo es que pudo declarar que el mundo fue creado en un momento preciso? Lo cito: *Una voluntad eterna decretó la existencia del mundo en un momento determinado. La existencia no había sido querida antes, sino en el momento en que empezó a existir.* ¡Razonamiento desprovisto de lógica! ¿Cómo un creador que, en toda la eternidad, hubiera decidido actuar, podría retrasar la aparición de su creación? Decir que el universo fue creado en un momento dado en el tiempo nos obliga a contemplar una causa exterior que entonces habría inspirado la decisión del Creador. ¿Un dios bajo influencia? ¿Dios habría cambiado de idea? En este caso, ¿puede seguir diciéndose que Dios es perfecto? Si cambia de idea, ¿qué es lo que lo distingue del hombre?

---

16 Al-Ghazálí murió en 1111.

¿Acaso no es absurdo?

Y, en caso contrario, si no hubo causa exterior, ¿cómo explicar que, de *inactivo*, Dios se hubiera vuelto *activo*?

No se puede aplicar a Dios una terminología humana. Prueba de ello: si el tiempo es creado en un momento preciso, esto significaría que existiría después de haber existido. Sin embargo, después o antes son ellos mismos datos temporales; ¡el tiempo *sería* antes de ser creado!

No, ni el tiempo ni el mundo fueron creados, coexisten naturalmente desde toda la eternidad. No tienen ni comienzo ni fin. *Son* Dios. Y Dios no conoce a los particulares, a los individuos, sino a la humanidad en su conjunto.

Con solo pensar en al-Ghazálí, me invade la irritación. Confrontado al problema de conciliar filosofía y religión, al-Ghazálí lo resolvió en estos términos: *La filosofía está en lo cierto en la medida en que es conforme a los principios del islam, y está en el error cuando contradice sus principios*. Defendía, pues, leer el Corán en su sentido literal y rechazaba formalmente cualquier intento de interpretación. Sin embargo, la sociedad musulmana necesita la teología del mismo modo que necesita la filosofía. Y a los que tratan este enfoque de blasfematorio, afirmo que no puede haber desacuerdo entre la religión y la filosofía, ya que la verdad no podría contradecir la verdad, la una y la otra acuerdan y testimonian la una a favor de la otra. No se puede prohibir la especulación filosófica bajo pretexto que a veces comete errores, ¡como tampoco se puede prohibir a un hombre sediento quitarse la sed por la única razón de que otros se ahogaron! Ya que la muerte que el agua provoca por ahogo es un efecto accidental, la que es causada por la sed no lo es.

¿Cómo pudo al-Ghazálí proclamar que no existen leyes de la naturaleza sino voluntades de Dios, y que la ciencia debe borrarse ante la omnipotencia de la religión? ¿No habría, pues, libre albedrío? ¿Todo estaría escrito de antemano? ¿Si tal es el caso, para qué nos sirve vivir? ¿Al mundo vendrían, pues, por la sola voluntad de Dios, mortinatos, cojos, ciegos, sin-esperanza? ¿Los mendigos estarían destinados a morir siendo mendigos, los potentes predestinados a serlo, los esclavos condenados a la esclavitud? ¿Y qué hay de las iras de la naturaleza? ¿Los seísmos, las tormentas, los ríos que se desbordan, la sequía que quema las tierras, las lluvias torrenciales? ¿A todos estos disturbios, se respondería: *Mektúb*? ¿Que está escrito? La lógica y la ciencia me imponen refutar esta teoría, y coincido con el gran Aristóteles cuando declara: *Los movimientos de la naturaleza que suceden no se deben más que al azar y de ninguna manera son obra de un ser todopoderoso que gobierne y ordene*. Y como Aristóteles, estoy convencido de que el pensamiento supremo que flota en el universo, no es de ningún modo gestor de nuestros destinos.

La moral rigorista de al-Ghazálí lo llevó —siempre en nombre de la pureza del islam— a condenar cualquier forma de distracción, incluidas la danza y la música. ¿Desterrar la música de la vida de los hombres? ¿Cuando Dios no es más que música y el universo un canto a su gloria? ¡Qué herejía! Afortunadamente, su mensaje no tuvo ningún efecto y los músicos siguen meciendo nuestros días y nuestras noches.

Lo más irónico es que este hombre, del que reconozco su incontestable erudición, fue él mismo víctima de la intolerancia que predicaba. Cuando en el año 1109 llegó a Córdoba una obra de la que él era autor, *La Revivificación de las ciencias de la religión*, una multitud de gentes se alzaron contra su contenido, en especial un juez que lo detestaba. No vaciló en tratar a al-Ghazálí de infiel y pidió al príncipe que gobernaba que tomara medidas. Este último convocó a los sabios y, tras haber debatido, todos ellos acordaron quemar no solo ese libro sino todas las obras de al-Ghazálí que fueron a buscar en las bibliotecas de Córdoba. Las juntaron en la puerta oeste, en el jardín de la mezquita y les prendieron fuego.

Cuando vuelvo a pensar en esta siniestra escena, me cuesta ocultar el estremecimiento de mi mano.

Veo llamas.

Una hoguera.

Y mi nombre que en ella se consume.

En *La Guía de los perplejos* de Ibn Maimún encontré un fragmento en el cual él también habla de la cuestión de la predestinación. *Por ejemplo, escribe, según Aristóteles, si sopla un viento violento, agitará el oleaje de tal océano, de modo que una nave que estuviera en este momento allí, naufragará y todos los marineros o algunos entre ellos morirán. Todos estos acontecimientos no se deben más que al azar solo.*

Pero, en lugar de sumarse a la conclusión del filósofo griego, Ibn Maimún la rechaza categóricamente. Considera que todo lo que le ocurre al hombre no es más que una consecuencia de lo que se ha merecido, que Dios solo castiga al que debe ser castigado. Esto es, añade, lo que dice textualmente la ley de Moisés: *Con la medida con que midan serán medidos.* En resumen, Ibn Maimún considera que Dios y solo él, es el que decide quién debe vivir y quién morir.

No puedo solidarme con este razonamiento. Le escribí a este propósito, con toda franqueza. Lo que pasó, ya fue. Lo que esperamos es ficticio. Pero el presente está, él, en nosotros. Y nosotros somos sus dueños.

Hacia el mes de abril del año 1152 de los latinos, me encontraba en Córdoba, en casa de Abubácer que acababa de mudarse. Habíamos pasado la mañana estudiando el libro II del *Canon de la medicina* de Avicena, dedicado a la farmacología.

Ese día, Abubácer cerró el libro y me explicó:

—Cuando tengas que cuidar de un paciente, acuérdate muy bien de esto, que es fruto de mi reflexión: la esfera celeste entera, con todo lo que contiene, es como un cuerpo humano cuyas partes forman un todo, y el universo es perfectamente comparable a un individuo. Es una unidad con múltiples partes. Hay que tratar, pues, el conjunto y no la unidad. Y como lo prescribe Avicena, es también esencial llevar una vida sana si se quiere evitar la enfermedad. En su poema sobre la medicina, propone consejos de gran sabiduría.

Enumeró:

—Evitar la carne pesada y preferir las legumbres y los lácteos. Evitar los alimentos azucarados. Guardar en la memoria que el sueño es el descanso de las fuerzas tanto motrices como sensitivas. Entre los ejercicios físicos, los hay moderados; esos son los que se deben practicar, puesto que equilibran el cuerpo expulsando de él las impurezas y los residuos. En cambio, el ejercicio excesivo provoca el efecto inverso y vacía el cuerpo de su humedad. Suelta las riendas a los jóvenes para las relaciones sexuales; a ellos, les evitarán males perniciosos; y prohíbeselos a los muy mayores y a los debilitados.

Se interrumpió de pronto y me miró fijamente:

—¿Has practicado ya estas relaciones?

No pude evitar ruborizarme contestando con una negativa.

—¡Vaya! Pues estás equivocado. Sería hora a tu edad. ¡Con veinticinco años ya se es hombre! Las grandes alegrías hacen que el cuerpo prospere y la relación carnal forma parte de ellas. No faltan mujeres libertinas en Córdoba. Encontrarás alguna a tu gusto. Además, pienso que regocijarse con el cuerpo de una mujer apaciguará también tus pensamientos.

Fingí que aprobaba lo que me decía, pero la idea de pagar los servicios de una prostituta me parecía indigno.

Dejó el volumen y me escrutó con una repentina gravedad.

—Tu interés por la filosofía es legítimo, es incluso honorable, y ya sabes que lo comparto. ¿Acaso no abordé yo mismo el tema del alma en *Viviente hijo del despierto*? ¿Acaso no es un libro filosófico por excelencia? Sin embargo, tú pareces olvidar que nuestros nuevos dueños, los almohades, desean instaurar un orden piadoso, que haga respetar la ley divina y restablezca lo que ellos llaman «el islam auténtico». Aunque yo no esté muy seguro de ello, sospecho que los almohades no tienen a los filósofos en su corazón. He observado en el transcurso de nuestras conversaciones que tienes a veces tendencia a hacer unos razonamientos que yo calificaría de «sospechosos». Ten cuidado, Ibn Roshd.

Fruncí las cejas.

—¿Sospechosos?

—Más de una vez has adoptado una actitud crítica hacia la teología y la religión. Podría atribuir este comportamiento a tu edad, pero…

—¡Nunca!

Había gritado muy a mi pesar y, sobre todo, falta de corrección inadmisible, le había interrumpido. Rectifiqué inmediatamente con un tono más apaciguado.

—Perdóneme. Quiero decir que no he emitido nunca crítica alguna hacia la religión. Aunque admito una oposición con el pensamiento de los teólogos.

—No estaba equivocado, pues. ¿Por qué tal oposición?

—Porque considero que los teólogos no dejan bastante sitio a la diversidad de puntos de vista ahí donde la duda se permite. Son gente peligrosa.

Abubácer levantó la vista al cielo.

—Los teólogos enseñan el Corán. Y la Revelación no se discute.

—Por favor, perdóneme. Pero yo no veo las cosas así. El Corán es un texto donde se lee un proyecto de conocimiento, no en el sentido de que de él se pueda extraer el saber, sino en el sentido de que se requiere para conocer. La Revelación nos llama a reflexionar haciendo uso de la razón.

Hubo un largo silencio. La cara de Abubácer se había oscurecido.

—Ten cuidado, Ibn Roshd. Vivimos unos tiempos difíciles en que mucha gente está convencida de que la filosofía lleva al ateísmo. Los ateos llevan una carga de pecados y de maleficencia. Por ello es por lo que Aláh el Majestuoso los asimila a las bestias cuando dice: *Hemos creado para la gehena a muchos de los genios y de los hombres. Tienen corazones con los que no comprenden, ojos con los que no ven, oídos con los que no oyen. Son como rebaños. No, aún más extraviados. Esos tales son los que no se preocupan.*[17] Lo que te digo aquí, bajo este techo, no lo repetiré a la vista de todos. No refuto la especulación. Al contrario. Considero que nosotros, los pensadores, somos un puente entre la teología y los creyentes, pero el puente no debe ser más ancho que el río. Si quieres mantener, pues, la cabeza sobre el cuello, aprende a controlarte. Por otra parte…

Se interrumpió y creí percibir en sus ojos un punto de nostalgia.

—Hoy ha sido nuestra última clase.

Mostré mi sorpresa.

—¿Por qué, maestro?

—Me han pedido ser el médico del gobernador de Ceuta. Es un puesto honorífico que me hubiera costado rechazar. Parto la semana próxima. Sin embargo, creí comprender que tu padre tenía excelentes relaciones con mi ilustre colega, Abenzoar. ¿Es así?

Lo confirmé.

—Será perfectamente capaz de tomar mi relevo. No vaciles en solicitarlo.

Después de un tiempo de silencio, invadido por la emoción, no pude dejar de besarle la mano.

—No le agradeceré nunca lo suficiente por haberme enriquecido con su saber. Lo echaré de menos.

—Te echaré también de menos y está bien. Cuando en el momento de separarse dos seres no experimentan ninguna

---

17 Corán, VII, 179.

tristeza, significa que la separación llega demasiado tarde. Volveremos a vernos. Estoy convencido de ello. Y no olvides nunca…

Abubácer hundió su mirada en la mía y encadenó:

—La tinta del sabio es más preciosa que la sangre del mártir.

Adoptando un tono más ligero, me preguntó:

—¿Has oído hablar de Lubna?

—Claro que sí. Su nombre es conocido en todo al-Ándalus. ¿Se trata de esta mujer que fue famosa tanto por su belleza como por su ciencia?

—No te hablo de esta mujer sino de otra que lleva el mismo nombre. Posee una de las bibliotecas más bellas de Córdoba, no por la cantidad de sus manuscritos sino por su calidad. Si no te he hablado de ella hasta ahora es porque los últimos dos años los ha pasado en Sevilla. Está de vuelta. Deberías hacerle una visita. Pienso que podrías encontrar lo que buscas entre los libros que ella ha reunido.

Que una mujer poseyera una biblioteca no me sorprendió. No solo algunas mujeres accedían a la enseñanza, sino que las había que se habían especializado en la transcripción del Corán con caracteres cúficos o que daban clases de caligrafía y de poesía a las jóvenes. Su trabajo era tanto más apreciado cuanto que era más cuidado que el de los hombres, a pesar de estar menos remunerado.

En la biblioteca del Emir de los Creyentes, el califa al-Hakam II, una virtuosa erudita estuvo trabajando hasta el final de su vida. Creo que se llamaba Fátima. Era indiferente a todo lo que no era el placer de los libros y conservó hasta su extrema vejez mano firme para la caligrafía. También estaba Aisha, hija de una importante familia de Córdoba, a quien los amores literarios dieron tales costumbres de independencia que jamás quiso casarse, muriendo virgen a una edad avanzada. Según los decires de quienes la conocieron, era un prodigio de elocuencia en sus odas, un modelo de expresión en sus versos, y una copista tan hábil que los manuscritos escritos de su mano suscitaban la admiración.

Pregunté:

—Esta dama, Lubna, ¿es letrada?

—Lo es sin lugar a dudas.

—Su biblioteca no es pues fruto de un capricho.

Mi observación hubiera podido parecer anodina, pero no lo era. Sabíamos que, para un cordobés de la aristocracia, incluso si poseía solo una cultura relativa, era cuestión de honor hacerse de una colección de obras, sin vacilar a sobrepujar, aún de manera desproporcionada, por un manuscrito llevado a subasta. No era raro que cualquier ministro o secretario poseyera una biblioteca. Mi padre me contó que, cierto día en que él asistía a una subasta, su interés recayó sobre un ejemplar elegantemente encuadernado del *Timeo* de Platón, traducido al árabe. Cada vez que pujaba, un desconocido ofrecía un precio más elevado. Intrigado, se acercó a aquel hombre, convencido de que se trataba de un bibliófilo tan apasionado como él. Para su sorpresa, el desconocido le dijo que ni siquiera sabía de qué trataba el libro por el que estaba dispuesto a gastar tanto dinero: «Pero como debemos plegarnos ante las exigencias de la alta sociedad —le explicó el hombre—, estamos obligados a constituir una biblioteca. Sobre las estanterías de la mía, hay un vacío que espera un libro de este preciso tamaño». De vuelta a casa, mi padre me dijo, muy contrariado: «Lo que dice el proverbio es verdadero, ¡Aláh les da nueces a aquellos que no tienen dientes!».

Yábir, un primo lejano de mi padre, había amasado una fortuna considerable en el negocio del esparto, un tipo de planta que servía para hacer jarcias, esteras e incluso tejidos. A pesar de ser inculto, había reunido en vastas habitaciones de su casa más de diez mil obras. Es verdad que estaba lejos de poder rivalizar con la biblioteca del difunto califa al-Hakam II, que era considerada como la biblioteca más grande del mundo conocido, con sus 400.000 manuscritos, de los cuales la mayor parte habían sido traídos de Bagdad por miles de camellos. Sin embargo, a diferencia de Yábir, el califa al-Hakam II, no solo era coleccionista sino también un escrupuloso lector. Leía anotando sus reflexiones al margen y anotaba siempre el nombre y la patria del autor, así como la fecha en que terminaba la lectura de cada volumen. No menos de quinientas personas se ocupaban de la gestión de su biblioteca. Lamentablemente, esta biblioteca conoció un destino funesto. Apenas llegado al poder, uno de los sucesores de al-Hakam se apresuró a expurgar todos los textos que sospechó de herejía. Miles.

Observé:

—Maestro, iré con mucho gusto. Pero esta persona no me conoce y no es habitual que un hombre llame a la puerta de una mujer sin que le haya sido presentado.

—No te preocupes. Le he hablado de ti. Está dispuesta a dejarte acceder a su biblioteca. De hecho, te recibirá mañana por la mañana antes de la oración del mediodía. Vive detrás de la Gran Mezquita. Un adarve.

Nos dimos un abrazo.

Yo tenía lágrimas en los ojos, pero apacigüé mi pena repitiendo su frase: «volveremos a vernos».

En efecto, íbamos a vernos de nuevo. No podía imaginarme hasta qué punto Abubácer iba a desempeñar un papel determinante en mi vida.

VII

Treinta y un años después de la muerte de Averroes
Palermo, junio de 1229 de la era latina

Federico II, emperador de los romanos, rey de Germania, Sicilia y Jerusalén, a quien apodaban «el estupor del mundo», soltó una carcajada atronadora, incontrolable, una risa de una incomparable insolencia.

Se golpeó los muslos y, recuperando el aliento, tomó por testigo a Michael Scot, a quien llamaba el más querido de sus maestros:

—¿Se imagina, querido? ¡Debo de ser el único ser en el mundo que ha sido excomulgado dos veces! ¡Decididamente, a este papa no le asusta el ridículo!

El inglés hizo un gesto de aprobación, aunque el término *excomulgado* fuera un tanto inapropiado. El conflicto entre la Iglesia y el emperador se remontaba a más de diez años. Tras haber sido coronado en julio de 1215 en Aix-la-Chapelle, Federico había prometido al papa Inocencio III, luego a su sucesor Gregorio IX, que encabezaría la sexta cruzada. Desafortunadamente, obligado a establecer su autoridad en su reino siciliano y en Italia del Norte, había ido aplazando constantemente su salida. En 1227, exasperado por sus prórrogas, el Santo Padre lo había calificado de «monstruo salido del mar, ¡cuyo hocico sólo se abría para blasfemar!», lo cual equivalía, ni más ni menos, que a identificarlo a la Bestia del Apocalipsis. Luego lo excomulgó.

Sin embargo, un año más tarde, y a pesar de ser proscrito de Tierra Santa y desafiando la prohibición papal, Federico decidió ir y se embarcó desde Brindisi en el transcurso del mes de junio de 1228.

Fue pues, ¡enorme paradoja!, ¡un emperador excomulgado el que iba a liberar los Santos Lugares! Paradoja más sorprendente aún: Federico no iba como enemigo del sultán al-Kámil (que no era otro que el hijo de Saladino), sino como invitado de este último. Hacía algún tiempo que los dos hombres mantenían una relación epistolar en la que habían abordado los problemas más diversos: el movimiento de las estrellas, la lógica de Aristóteles, la circulación de la sangre, la aplicación del álgebra a la geometría, la inmortalidad del alma, la eternidad del mundo. Cada uno de ellos buscaba superar al otro en sabiduría y en saber. Al mismo tiempo, los dos soberanos rivalizaban en fasto y generosidad.

Cuando en 1227, el embajador del sultán, el emir Fajr al-Dín, había venido a hacerle una visita a Federico, le había ofrecido de parte de su maestro una caja llena de oro, otra llena de plata, telas y piedras preciosas, pero también dromedarios, simios, un elefante, que iban a reunirse con los innumerables animales que ya estaban en el zoológico real. ¡Fajr al-Dín fue armado caballero!

Así, en el mismo momento en que el papado presionaba a Federico para que fuera a Oriente y emprendiera una guerra santa contra el sultán, este último lo invitó a venir como amigo y aliado. Obviamente, había una comunidad de intereses en esta improbable amistad. Poco tiempo antes, estando en conflicto con sus hermanos, el sultán había reclamado el apoyo de Federico, a cambio de lo cual le prometió cederle Jerusalén. Y aunque, entre tanto, el hermano había muerto, al-Kámil respetó su compromiso.

Así fue como Jerusalén, Nazaret y Belén fueron recuperadas sin verter ni una sola gota de sangre y como, tras haber sido acogido en la ciudad por el sultán al-Kámil en persona, Federico se había coronado el mismo día rey de Jerusalén.

Poco tiempo había pasado desde que el emperador había vuelto a Palermo. El 15 de junio de 1229, un mensajero acababa de informarle que el papa, indignado por su política demasiado conciliadora hacia los árabes, había decidido proscribirlo allá por donde pase. Su Santidad consideraba que la toma de Jerusalén se había hecho en unas condiciones humillantes para la cristiandad, que Federico había vivido en una escandalosa intimidad con los musulmanes. Una intimidad que la Iglesia no podía tolerar, la misma que condenaba categóricamente cualquier contacto con los adeptos del islam, que asimilaba a una apostasía.

Cegado por la ira, el papa había declarado en una circular enviada a todos los obispos: *Estamos dispuestos a demostrar que este rey de la peste afirma abiertamente que el mundo había sido engañado por tres impostores: Jesucristo, Moisés y Mahoma, que dos de ellos murieron llenos de gloria, mientras que Jesús fue colgado en una cruz. Además, se atrevió a pretender que estos son unos bobos que se imaginan que un Dios creador del universo ha podido nacer de una Virgen, declarando en fin que el hombre no debe en absoluto creer más que lo que puede ser demostrado por la fuerza y por la razón natural.*

De todos modos, nada hubiera podido alterar la admiración sin límites que Michael Scot sentía hacia el emperador. ¿Cómo no apreciar a un príncipe que hablaba cinco o seis lenguas incluido el árabe?

Sin embargo, nada predisponía a Federico II a este destino fuera de lo común. A la edad de siete años, cayó en las garras de Markward von Annweiler, antiguo escudero de su padre, Enrique VI, que no paraba de humillarlo. Abandonado a sí mismo, el huérfano (había perdido a su padre cuando tenía solo tres años, y a su madre trece meses después) vagabundeaba por las calles de Palermo. Así es como pudo ver la miseria en la cual estaba hundida Sicilia, pero más importante todavía, los vestigios de la civilización árabe, que había impregnado la isla antes de la llegada de los normandos, es decir durante los dos siglos y medio durante los cuales la gobernaban emires venidos de Kairuán, escoltados por una pléyade de letrados, sabios y poetas.

Los árabes que lo veían pasar sufrían al constatar la indigencia en la que se encontraba aquel *hijo de rey*. Compadeciéndose de él, le abrieron sus casas, lo invitaron a su mesa e intentaron remediar a las carencias de su instrucción confiándolo a los cuidados de un cadí de la comunidad musulmana. Este hombre culto fue, al parecer, ayudado en su tarea por muchos de sus correligionarios, que desempeñaron un papel importante en la formación de Federico. Le enseñaron árabe, cálculo, álgebra y, en fin, lo iniciaron a los escritos del famoso geógrafo al-Idrísí. Le hablaron también de un gran filósofo cordobés llamado Averroes…

Federico se sintió tanto más cómodo en este medio cuanto que él mismo era mestizo: germano por su padre, normando por su madre, en realidad más siciliana que normanda.

Había caído bajo los encantos de la civilización árabe. Cuando alguien manifestaba reservas, Federico se apresuraba a hacerle notar: «¡Pensad que en Roma no podéis atravesar el Foro sin pisar boñiga, mientras que en Bagdad las orillas del Tigris están bordeadas de balaustradas de mármol, y que, al igual que Córdoba, la ciudad se beneficia de iluminación urbana y los establecimientos de baños públicos se cuentan por docenas!».

E insistía: «¡Pensad que en la época en que la mayor parte de los barones de Carlomagno sabían apenas escribir su nombre, los emires de Sevilla y Córdoba dedicaban su tiempo libre a presidir torneos de poesía!».

Hacía tiempo ya que la comunidad musulmana de Sicilia, que había propiciado durante cerca de tres siglos la prosperidad de la isla, no era más que la sombra de sí misma, una minoría sin herederos, reprobada, sin trabajo, sin porvenir. Federico había observado antes que a los hombres no se les gobernaba del mismo modo en Augsburgo que en Maguncia. Había comprendido asimismo que no bastaba con trasladar a los árabes al continente y diseminarlos a través del campo y esperar una posible asimilación. Consideraba, al contrario, que había que agruparlos, reestructurarlos, sin pretender borrar su cultura.

Para alcanzar tal objetivo, concibió un increíble plan. Se había puesto en busca de un terreno lo suficientemente vasto, pero al mismo tiempo apartado de las regiones habitadas, como para reagrupar la totalidad de las poblaciones árabes que entonces se encontraban en Italia del Sur. Encontró un terreno al noroeste de Foggia, en Puglia. Allí construyó una ciudad fortificada, rodeada de densas murallas flanqueadas por gruesas torres redondas, cuya superficie era suficiente para contener a sesenta mil habitantes. Sobre la marcha, restituyó a los árabes sus libertades fundamentales y les reconoció el derecho de agruparse, administrarse y gobernarse como ellos lo entendían.

La reacción no se hizo esperar mucho. Mientras la llamada del almuédano retumbaba de nuevo desde lo alto de los minaretes, los árabes recuperaron su identidad y se pusieron a trabajar. Manifestando un celo acrecentado, desbrozaron los alrededores de la ciudad, plantaron caña de azúcar, moreras, árboles frutales; construyeron carreteras y, murallas para adentro, calles y palacios decorados con patios y fontanas. En pocos años, la llanura gris y austera se transformó en una reverdecida comarca. Tal transformación no dejó de causar extrañeza en mucha gente, incluido el papa que se preguntaba si Federico no se había convertido en secreto a la religión de Mahoma.

Cuando fue requerido por este monarca fuera de lo común, ¿cómo podía Michael Scot rechazar la invitación? Invitación tanto más agradable cuanto que se había enterado de que uno de sus amigos, el matemático italiano Leonardo Fibonacci estaría presente en Palermo en el mismo momento.

Michael amaba mucho a Leonardo. Apreciaba su encanto tan típicamente «oriental», adquirido durante su juventud en el Magreb, durante todo el período durante el cual su padre había ocupado la función de representante de la república de Pisa. Por otra parte, de allí fue de donde había traído la notación indo-arábiga. Pero, la verdad es que, si Leonardo formaba parte de los invitados a la corte, era por una curiosa historia de... conejos. Algunos meses antes, el emperador había oído hablar de una obra de matemáticas, el *Liber abaci* de la que el italiano era el autor. Describía en ese libro el crecimiento de una población de conejos con hipótesis muy simplificadas que se podrían resumir así: cada pareja de conejos, desde su tercer mes de existencia, engendra cada mes una nueva pareja de conejos y ello de modo infinito. Por consiguiente, exceptuando los dos primeros, cada número de la secuencia es igual a la suma de los dos números que lo preceden: 1, 1, 2, 3, 5, 8, 13, 21, 34, 55, 89...

Malas lenguas afirmaban que el verdadero autor de esta secuencia era un hindú llamado Acharaya Hemachandra. Sea como fuere, cuando se enteró de los trabajos de Fibonacci, y mientras estaba en plena preparación de la cruzada, Federico se había precipitado a Pisa donde vivía el matemático. Después de haberlo interrogado durante ocho días sobre los algoritmos, le había propuesto que viniera a visitarlo a Palermo.

Había actuado prácticamente del mismo modo con Michael Scot. Mientras este se encontraba en Toledo con el equipo de traductores que allí trabajaban, el emperador le hizo llegar una carta de varias páginas. Siempre dispuesto a rodearse de intelectuales, el soberano le propuso que se reuniera con él y le ofreció subvencionar sus trabajos de traducción. Unos trabajos que coincidían ampliamente con las intenciones de Federico, el cual se había asignado la misión de transmitir los conocimientos científicos y filosóficos del mundo musulmán a Occidente.

—Scot, ¿su trabajo progresa?

La interrogación del monarca recordó al inglés, por si fuera necesario, los primeros motivos de su presencia en Sicilia: Averroes. Una obra que Scot había descubierto algunos años antes, en 1217, con motivo de una estancia en la península ibérica, ahí donde lo había llevado su interés por la cultura árabe.

Michael se decidió a contestar:

—Le confieso, Majestad, que no sospechaba la dificultad de la tarea. Desencriptar el texto original de Aristóteles ya es de una inaudita complejidad. La traducción al árabe de Averroes lo es dos veces más. En cuanto a sus comentarios…

—¡Vamos, vamos!, confío en usted. Y usted me ha demostrado su excelencia con su traducción de la *Metafísica*. No me cabe la menor duda de que aquí también acertará. ¿Acaso no dicen que usted posee poderes mágicos y que sería capaz de transformar el plomo en oro?

Michael Scot se puso a reír.

—Majestad, también se cuenta que el papa me habría nombrado arzobispo de Cashel, en Irlanda, y que yo habría rechazado el nombramiento. No. No es serio.

Scot tomó un corto respiro y observó:

—Cuando pienso en el terremoto que mis comentarios de la *Metafísica* desencadenarán ante la universidad de París, ¡tiemblo todavía! Afortunadamente, me cuidé de no firmarlos, si no el papa me habría hecho correr la misma suerte que a ese pobre Aristóteles. Sepa, sin embargo, que el libro de Averroes es mucho más incendiario. Demos las gracias a Dios porque ese desgraciado ya está muerto. De lo contrario, no sería objeto de prohibiciones sino de pedradas.

Una amplia sonrisa separó los labios del emperador.

—Tanto mejor, querido, tanto mejor. Todo lo que puede sacudir la modorra de nuestro esclerotizado mundo me regocija.

VIII

Atravesé el jardín de Solomon ben Sarrúk. Tan numerosos eran los árboles y tan espesos sus ramajes, que el sol no podía percibir la tierra, y cuando soplaba la brisa se repartía cargada de perfumes.

Llegué rápidamente ante el mercado de esclavos. Y como cada vez, me paré para observar la escena. La encontraba tanto más entristecedora en cuanto que yo estaba al corriente de las artimañas de los vendedores. Cuando una esclava tenía la piel demasiado morena, la bañaban en una preparación destinada a clarearle la piel. Fabricaban incluso falsas vírgenes y utilizaban unas pastas para suprimir o clarear las eventuales manchas de la cara y los lunares, puesto que cuanto más clara era la piel de una mujer, tanto más elevado era el precio. Todo esto es deplorable. Sin embargo, ¿acaso el Profeta, paz y saludos sobre él, no estaba en contra de la esclavitud? Según la tradición, el día en que alguien le preguntó qué hacer para merecer el Cielo, le respondió: «Liberad a vuestros hermanos de las cadenas de la esclavitud. El que, estando en posesión de una esclava, la mantenga, la eduque, la trate bien, la libere luego y la tome por esposa, tendrá una doble recompensa divina».

A mi alrededor, subían los gritos y las carcajadas también. Si, cuando era adolescente, el espectáculo de estas jóvenes casi desnudas provocaba en mí un placer malsano, hoy no provoca en mí más que asco.

Proseguí mi marcha y tomé un atajo a través del cementerio de Ibn Abbás. Algunas mujeres, vestidas de blanco, color del duelo, estaban allí rezando sobre la sepultura de algún difunto familiar. En realidad, usaban este pretexto para salir de sus casas e intercambiar miradas furtivas con jóvenes que atisbaban su cara desvelada, entre los vendedores ambulantes y las adivinas de buenaventura. Provocando el furor de los teólogos obtusos, a veces algunos hombres bebían vino sobre la tumba de un difunto o, como no tenían otro sitio donde encontrarse, algunos amantes allí se veían. Ya expresé mi rechazo del alcohol; sin embargo, me parece que beber alcohol en un cementerio es una bella forma de desafiar a la muerte.

Llegué a la calle indicada por Abubácer. Una esclava apareció, con la piel color de ébano.

—Vengo de parte del maestro Abubácer.

Me invitó a entrar.

—Voy a avisar a doña Lubna.

Caminé hacia el patio interior a cielo abierto. Una fontana derramaba un murmullo de agua clara. Como en la mayor parte de las casas de Córdoba, solo se oía ese sonido y el arrullo de las palomas. Unas banquetas estaban alineadas contra un muro, bajo macetas de geranios. Estuve a punto de sentarme, pero me eché atrás. No hubiera sido cortés tomarme esa libertad.

—La paz sea sobre ti, hijo de la Sabiduría.

Me volví. Una mujer de unos cuarenta años estaba a unos pasos, vestida de una *dyubba* rosa. Era morena, esbelta, con ojos grandes de gacela y cejas bordeadas de kohl, y un abanico en la mano. Fijándose bien, se podía adivinar en las comisuras de sus labios como un toque de sequía desolada, la de un receptáculo que el agua ya no irriga. No era bella de acuerdo con los criterios habituales y sin embargo una gran belleza emanaba, sin duda, del fondo de su alma. Acordándome de la forma con que me había interpelado, rectifiqué, un poco torpe:

—Me llamo Ibn Roshd.

—¿Roshd no significa *sabiduría*? ¿O también *madurez*? O razón. Elige. Yo prefiero la sabiduría, desconfiando al mismo tiempo de los seres demasiado sabios. Pueden muy rápidamente volverse aburridos.

No supe qué decir. Ignoro por qué, mi corazón corría dentro de mi pecho.

—Mi sirvienta ha preparado una infusión de hibisco, dijo, ¿quieres?

—No quiero imponerme. Mi maestro, Abubácer, me…

Me tendió la mano y me llevó al interior.

La pieza estaba sobriamente amueblada. Una bandeja de cobre sobre un trípode destacaba en el centro. En las paredes, unas cortinas de lana; en el suelo, dos alfombras de colores vivos y unos cojines. Dos cofres de madera de pino y una jarra de tierra cocida estaban en un rincón. Mi anfitriona me invitó a tomar asiento y ella se sentó enfrente, luego entreabrió su abanico y, con pequeños golpes, lo hizo ir y venir delante de la cara.

—Mi amigo Abubácer me habló mucho de ti y en términos muy elogiosos.

—Fue mi maestro, pero también es mi amigo. Presumo que es el amigo quien hablaba.

—No. Desengáñate, ha elogiado sólo tus capacidades intelectuales, no tus cualidades humanas. ¿Pero tal vez lo mejor sea que tú me digas quién es Ibn Roshd?

Sonreí.

—¿Acaso llegamos a saber nunca quiénes somos? Ibn Roshd es sin duda un ser que se busca y que busca. Un buen musulmán, un hombre de fe.

—Entonces, alguien que coloca la religión por encima de todo.

Esperé que la sirvienta acabara de servirnos las infusiones de hibisco antes de replicar:

—Con la condición de que vaya acompañada por la reflexión. La reflexión no es un ejercicio abstracto, separado de toda contingencia religiosa.

Lubna meneó la cabeza, pensativa.

—Abubácer me indicó que eras el nieto del gran Abú al-Ualid Mohammad.

Se lo confirmé.

—Tu abuelo fue un inmenso personaje. Espero que hayas salido a él. Aunque un antepasado, por muy prestigioso que sea, no tenga siempre descendientes valerosos. ¡Incluso es lo contrario! ¿Estás casado?

Bebí un trago de hibisco y negué con la cabeza.

—Sin embargo, tienes la edad…

—Sólo tengo veinticinco años.

Y casi susurrando, le dije:

—¿Y tú?

—Sólo tengo cuarenta y dos años. Y no me gustan los hombres. Al menos, no me gusta la demasiado larga convivencia. No me gusta ser poseída. Y los hombres solo se ven como conquistadores.

—No sé si se puede generalizar. También existen mujeres conquistadoras.

—Son escasas. Tan escasas como las mujeres médicas. ¿Has elegido ya tu vía?

—Entre la medicina, la filosofía y la jurisprudencia, he elegido las tres.

Mientras me esperaba a una observación irónica, declaró:

—En este caso, debes ser capaz de contestar a esta pregunta. ¿Crees en la predestinación?

Tomado por sorpresa, guardé silencio. Entonces ella repitió su pregunta.

—La predestinación plantea un problema de los más difíciles.

—¿Y qué más?

—Existen versículos a favor y versículos en contra. Lo mismo ocurre con los hadices.

—No contestas.

Hice una profunda respiración. El asunto era delicado y yo ignoraba a quién tenía enfrente. Pensé también en la advertencia de Abubácer: «Si quieres mantener la cabeza sobre el cuello, aprende a controlarte».

Finalmente, me atreví a decir:

—La experiencia muestra que el hombre depende de numerosas condiciones que se le imponen, pero el hombre sabe también que tiene el poder de deliberar usando algunas facultades que Aláh le ha dado.

—¿Debo deducir que, según tú, no todo está escrito?

Puesto que yo vacilaba, ella me animó:

—¡Habla sin temor!

—Lo que se produce existe solo porque sucede a lo que le precede. Y lo que le precede es causa solo porque precede a lo que le sigue.

Replegó su abanico y lo colocó sobre sus muslos.

—Sé más claro. No tengo tu saber.

—Usemos un ejemplo. La evaporación del agua produce nubes, las nubes producen lluvia, y la lluvia el agua. No hay por tanto predestinación. Así es para el destino de los hombres. Lo que les ocurre en el instante no es más que la consecuencia de la acción que ha precedido. Lo que algunos llaman la predestinación no es más que la resultante de causas que son del ámbito de la ciencia.

—En este caso, ¿cómo explicas que el hombre se vuelve sistemáticamente hacia la religión a partir del momento en que se produce un acontecimiento nefasto, haciendo del Altísimo el responsable de lo que le ocurre?

—Porque el hombre sufre y sabe que ni la ciencia ni la filosofía son capaces de aportarle a su sufrimiento explicación racional alguna. Entonces, es natural que se vuelva hacia el Omnipotente y hacia la religión, únicos capaces de proporcionarle aquello que más necesita: la esperanza.

Una leve sonrisa animó los labios de la mujer.

—Estoy aliviada.

Fruncí las cejas.

—Sí, retomó, aliviada. Antes de darte acceso a mi biblioteca, me importaba asegurarme de no estar tratando con alguno de esos cerebros que consideran que el Creador está sentado sobre el trono y desciende cada noche sobre el mundo.

El desconcierto que me había invadido minutos antes no hizo más que crecer. Que un hombre mantuviera este tipo de discurso era excepcional en estos tiempos en que los almohades predicaban la ortodoxia, ¡pero que lo hiciera una mujer!

Puso su vaso de hibisco sobre la bandeja.

—¡Ven! Te voy a presentar mis tesoros.

Subimos una escalera de piedra que llevaba al piso de arriba. En la estela de Lubna flotaba un perfume de almizcle. Ahí, al fondo del pasillo, había una puerta de madera espesa. Lubna deslizó una llave en la cerradura, apartó el batiente y me invitó a entrar. Descubrí una pieza oscura con paredes tapizadas de armarios. Una mesa y una silla estaban colocadas al lado de la única ventana, tapada con una cortina. Lubna la corrió mientras explicaba:

—Aquí —dijo Lubna señalando con el dedo una de las estanterías—, están las obras que tratan de…

—¡Al-Rází! ¡Es increíble! ¡*El Libro completo de la medicina*!

—Los veintidós volúmenes.

Absorto por la emoción, estaba en otro mundo cuando oí la voz de Lubna que me susurraba al oído:

—Estás sólo en los preliminares de tus descubrimientos, hijo de la sabiduría. Quédate aquí tanto como quieras y considera, a partir de ahora, esta casa como tuya.

Mucho después de que se hubiera ido, su perfume seguía embriagándome.

Pasé el día examinando las obras de al-Rází. Estaba leyendo todavía cuando el crepúsculo empezó a invadir el cielo, haciendo cada vez más difícil la lectura. Decidí, muy a pesar mío, volver a casa. Devolví cuidadosamente los manuscritos a su sitio, cerré el armario y bajé. Algunas velas alumbraban el salón donde Lubna me había recibido. La llamé. No hubo ninguna respuesta. Fui al patio y la vi tendida en una de las banquetas, con un libro sobre el pecho. No pareció darse cuenta de mi presencia. Parecía dormir. Irme sin darle las gracias hubiera sido descortés; despertarla lo hubiera sido aún más. Finalmente, en el momento en que iba a resignarme a dar marcha atrás, ella me preguntó:

—Hijo de la Sabiduría, ¿Has encontrado lo que buscabas?

—Sí. Te lo agradezco infinitamente.

Se levantó.

—Puedes venir aquí tantas veces como quieras. Te lo he dicho: esta casa es, a partir de ahora, tuya. Pero pongo una condición, se apresuró a precisar. ¿Te gusta la poesía?

Asentí.

—¿Tienes un poeta preferido?

—Sí. Al-Mutanabbí. Pero otros muchos también.

—Perfecto. Entonces cada vez que vengas a visitarme, me leerás un poema. ¿Estamos de acuerdo?

¿Cómo hubiera podido no estar de acuerdo?

—Será para mí un honor y una alegría.

—Hasta mañana, pues. O pasado mañana. El día que le plazca a Dios —añadió con una sonrisa apenas disimulada.

De vuelta a mi casa, me negué a cenar como me proponía mi madre, y me fui a dormir. ¿A qué hora pude conciliar el sueño? No soy capaz de decirlo. Me acuerdo sólo de que los escritos de al-Rází se mezclaban con la voz de Lubna y sé que, cuando las primeras luces del alba se deslizaron a mi habitación, di las gracias al Altísimo porque este nuevo día iba a permitirme que la encontrara de nuevo.

Salté de la cama, hice mis abluciones, recité mi oración y me precipité a su casa. Desgraciadamente, y para gran decepción mía, la sirvienta me informó que su ama se había ido de viaje.

Me asombró.

—¿En plena noche?

—No. Inmediatamente después de la oración del alba. Pero puede pasar. La señora Lubna me dio instrucciones. Incluso le puedo preparar de comer si lo desea.

Le di las gracias y me fui a la biblioteca como si estuviera huyendo de un incendio.

Lubna no volvió ni al día siguiente ni en los sucesivos. Entonces, dejé de esperarla y me dediqué únicamente a la lectura y a mis investigaciones.

Al hilo de mis visitas, descubrí obras extremadamente preciosas, entre las cuales había un tesoro absoluto: *De Anima* de Aristóteles.

Aristóteles no me era, por supuesto, desconocido. No más de lo que lo era para los filósofos árabes.

Su obra llevaba tres siglos siendo escrutada.

Ya en el año mil de la era latina, Avicena había abordado la *Metafísica* y la *Teología*. Parece ser incluso que habría leído la *Teología* no menos de cuarenta veces sin llegar a comprender nada, lo cual lo había frustrado terriblemente. Aristóteles era su maestro, y su maestro lo había decepcionado. Tal pensamiento hizo nacer en él un sentimiento de revuelta y de ira. Prefirió convencerse de que era él, el discípulo, quien carecía de clarividencia. De hecho, la incomprensión de Avicena se explica. Sabemos ahora que lo que él creía ser Teología no era en realidad más que unos extractos de las *Enéadas* de Plotino. El desdichado murió sin saberlo.

He sido cautivado por *De Anima*. Bebí cada línea, saboreando cada palabra, consciente de estar frente a un monumento. Y cuando el recuerdo de Lubna volvía a tomar posesión de mi espíritu, me decía que el Profeta tenía razón cuando afirmó: *De vuestro mundo de más acá, se me dio amar el perfume y las mujeres, pero el colmo de mi felicidad radica en el rezo.*

Y me ponía a rezar.

IX

Cuatro meses habían pasado, y Lubna no había vuelto todavía. Casi todos los días, iba a su casa, en vano. Llegué a creer que yo había sido víctima de una ilusión y que esta mujer no había existido más que en mi mente. ¿Era posible? Jamás he considerado que el Creador pudiese ser responsable de nuestras desgracias o de nuestras dichas, pero en la tormenta que me envolvía, me surgió una duda: ¿y si Él hubiera decidido castigarme por este escepticismo?

Afortunadamente, la lectura me salvaba. Había encontrado en un librero judío un ejemplar de *De Anima*, que decidí adquirir, y volví a ir allí sin cesar como un nadador vuelve a la orilla. Tomaba notas, casi tan voluminosas como el mismo texto original.

Oscuridad, confusión. ¿Cuántos años serían necesarios para arrojar luz sobre el pensamiento del griego? Presentía que iba a ser la obra de toda una vida.

Cierta mañana, mientras estaba sentado en mi mesa de trabajo, absorto en mis cuestionamientos, mi padre irrumpió en mi habitación y me anunció:

—¡Está hecho!

—¿De qué está hablando, padre?

—Al-Mu'min y los ejércitos almohades entraron en la ciudad de Argel. Derrotaron a las tribus que se oponían a su avance, vencieron al príncipe que reinaba en el país de los cabilios y, en adelante, la totalidad del Magreb estará en sus manos.

Levanté la mirada al cielo.

—¿Qué importancia tiene esto?

—Para nosotros, sin duda, ninguna gran contrariedad, con la condición de que nos congraciemos con los príncipes que nos gobiernan. Pero desde un punto de vista estrictamente político, asistimos a un seísmo. Si hasta ahora al-Ándalus ha estado sometida a la autoridad del califa de Bagdad, los almohades han decidido extender su autoridad sobre todo el mundo musulmán. De ahora en adelante, sus jefes llevarán inapelablemente el título de califa. Al califato de Bagdad se le acabó su tiempo. Aún hay algo más grave. El hundimiento del poder almorávide ha permitido a los cristianos del norte de la Península acentuar su presión y conseguir avances muy importantes en el este y en el oeste. ¿Quién sabe si un día no retomarán posesión de todo al-Ándalus?

Mi padre hizo una pausa y su cara, hasta entonces crispada, pareció distenderse.

—De todos estos trastornos, un elemento nos será tal vez favorable. Según ciertos rumores, el nuevo califa, al-Mu'min, contrariamente a lo que podría imaginarse, tendría la intención de conceder su protección a la filosofía y los filósofos, lo cual debería hacerte feliz.

Antes de que tuviera tiempo de comentar, mi padre puso su dedo índice sobre *De Anima*.

—¿Aristóteles?

Se lo confirmé.

—Hijo, no condeno tu pasión, pero la filosofía no te permitirá responder a las necesidades de tu familia. Te he enseñado todo lo que sé sobre jurisprudencia, pero mi saber no es infinito. Me gustaría que profundizaras en esta ciencia con otro maestro. Volveremos a hablar de ello cuando hayas terminado tus estudios de medicina. ¿Piensas continuarlos con Abenzoar, ¿no es así?

—Por supuesto. Ha recibido tu misiva y Abubácer me ha recomendado decididamente ante él. Me está esperando.

—Ahora estoy tranquilo. Así, respaldado con la jurisprudencia y la ciencia médica, podrás aspirar a nobles funciones y, quién sabe si algún día, a la de cadí.

—Que Dios le oiga, padre. Pero ¿Por qué me habla de familia? No tengo mujer ni hijos.

—Es cosa de unos meses. Deberás pensar en ello seriamente. Tus dos hermanas están casadas, tienes, pues, derecho a tomar esposa. No te olvides que la vida es un desierto que debemos atravesar. Viajar solo en ese espacio árido no es deseable.

Pasó la palma de la mano sobre su barba antes de precisar:

—La hija de mi hermano, tu prima Sarah, será una excelente esposa. ¿Debo hacer alarde de sus cualidades?

Sobresalté.

—¿Sarah? ¡Apenas tiene quince años!

—Es púber. Por lo tanto, mayor. No es a ti a quien debo recordar que la sharía no estipula ningún límite de edad para casarse. El Profeta, la paz sea sobre él, ¿acaso no tomó por esposa a Aisha cuando ella tenía nueve años? Y entre los judíos, ¿acaso no está indicado en el Talmud que una mujer está en la edad de casarse a partir de doce años y seis meses? ¿Por qué, pues, esta observación?

¿Qué le podía contestar a mi padre? ¿Qué no tenía ninguna gana de casarme? ¿Que, por ahora, no tenía la intención de compartir mis días y mis noches con nadie, y que, sobre todo, no estaba enamorado de Sarah? Mi prima tenía un físico agradable, pero la apariencia de las mujeres nunca me ha atraído; lo que explica quizás que a los veinticinco años no había conocido todavía esas «relaciones» tan elogiadas por Abubácer. Por muy armonioso y atractivo que sea, un cuerpo no es más que un cuerpo. Acaba aburriéndonos. Lo que me cautiva es el corazón. Y el de Lubna había envenenado el mío. Me lo confesaba a mí mismo a duras penas, pero ella ocupaba la mayor parte de mis pensamientos.

Sólo mi madre había acabado descubriendo lo que por dentro me consumía. Un día, mientras estaba leyendo, sentado en un rincón del patio interior de nuestra casa, me abordó.

—Llevo algún tiempo sintiéndote perturbado. ¿Qué mal te está atormentando, hijo?

Dejé el libro en el suelo.

—Sí —prosiguió ella—, no te hagas el que no comprende. Ya no comes casi nada. Ayer mismo, apenas si probaste mi *tfáia*,[18] sabiendo que es tu comida preferida y no tocaste mis buñuelos de berenjena. Te veo adelgazar cada día un poco más.

—Está todo bien, madre. Sólo estoy ocupado con mis estudios.

—Tssst, tssst... —silbó meneando la cabeza—. ¿Olvidas que soy yo porque eres tú; y que eres tú porque soy yo? Un niño puede engañar al universo, pero no a la que lo trajo al mundo.

Mi madre se cruzó de brazos.

—Te escucho. Habla.

Después de haber vacilado un momento, me entregué.

—No sé cómo expresar lo que siento. Son emociones nuevas, yo...

—¿Es libre? ¿Es de una familia recomendable?

Escruté la cara de mi madre, desconcertado.

—¿De... de quién hablas?

—De la mujer que le prendió fuego a tu alma. Aunque sea un niño mudo, su madre conoce su lenguaje.

—Lo ignoro todo de su familia. Sólo sé que no es de esas mujeres que aspiran al casamiento.

—¿Qué es eso que cuentas? ¡Todas las mujeres sueñan

---

18 Comida tradicional, a base de carne, siempre apreciada hasta nuestros días en el Magreb.

con ello! No conozco ni una que rechace una pedida de mano, ¡o será que tiene el cerebro al revés!

—En todo caso, esta es fuerte como el viento y sutil como la paciencia.

Mi madre soltó una carcajada.

—Pobre hijo mío. Estás bien atrapado. ¿Cuántos años tiene?

—Bastantes más que yo. Veinte años más, me parece.

—¿Qué importancia? La Pura[19] tenía cuarenta años cuando se casó con nuestro Profeta, mientras que él tenía veinticinco. No es, pues, un obstáculo. ¿Quieres que tu padre se informe sobre esta persona?

—¡No! Te lo suplico, madre. No hables de ello, te lo suplico. Es nuestro secreto. Prométeme que lo guardarás.

Prometió.

La voz del almuédano resonó de repente, llamando a los fieles a la segunda oración del día. Me iba a levantar, pero ella me paró:

—Dios esperará. ¿Conoces la historia de Qais y Laila?

—No.

—Qais era hijo de una ilustre familia de beduinos. Se enamoró perdidamente de su prima Laila y expresó a su familia y a la de Laila su deseo de casarse con ella. Deseo imposible de concretar. Había olvidado que, entre los beduinos, los padres son los que deciden en el casamiento de sus hijos. Y el de Laila se opuso a aquella unión. Desde entonces, Qais, que era poeta, usó sus poemas como un arma y se puso a proclamar su amor a quien quisiese escucharlo. Furiosa, la familia de su bienamada pidió al califa permiso para matar al arrogante. El califa se negó, pero, intrigado, mandó traer a Laila para ver si realmente era tan sublime como clamaba su enamorado. Entonces fue cuando se llevó la sorpresa: descubrió que se trataba de una mujer de

---

19 Apodo dado a Jadiya, primera esposa de Mahoma.

aspecto banal, más bien delgada, con la tez quemada por el sol. Convocó entonces a Qais y le preguntó: «¿Por qué amas a esta mujer que no tiene nada extraordinario? Es menos bella que la menos bella de mis mujeres», a lo cual Qais contestó: «Es porque el califa no tiene mis ojos».

—Bonita respuesta.

—Lo que sigue no lo es tanto. Qais acabó perdiendo el juicio. Lo llevaron a La Meca para que se recuperara; pero una vez allí, el joven no veía nada, no oía nada, salvo una voz que, dentro de él, le gritaba incesantemente el nombre de su amor: Laila, Laila… Su obsesión se volvió tal que lo llamaron el *maynún*, «el loco» por Laila. Pasó el tiempo y, cierto día, mientras se encontraba tranquilamente en su casa, soñando más que nunca con su amor, un amigo vino a prevenirle que Laila estaba esperándolo en la puerta, dispuesta a tomarlo por esposo. ¿Sabes cuál fue la única respuesta del poeta? Contestó: «Dile que siga su camino, porque Laila me impediría un instante pensar en el amor de Laila».

Una expresión grave apareció sobre la cara de mi madre, que concluyó:

—El amor no compartido vuelve loco. ¡Venga, levántate! Dios puede esperar, pero no mucho. ¡Vete!

***

Entré en el Patio de los Naranjos. Una decena de fieles hacían sus abluciones delante de los estanques. Después de haberme descalzado, me lavé los pies hasta los tobillos, la cara y las manos hasta los codos. La frescura del agua mitigó el fuego del sol sobre mi piel.

Avancé hasta las arcadas, entre los pilares, tan numerosos que se diría era un inmenso bosque hecho de árboles de piedra. Como cada vez que vengo a este santuario, era preso del vértigo ante su inmensidad. Según mi padre, la mezquita de Córdoba era la más grande del mundo conocido, después de la de La Meca, lo cual creo encantado. Al fondo de la nave central, me puse frente al *mihrab*.[20] No hago la oración con regularidad, lo reconozco, puesto que no soy de los que piensan que los creyentes serán juzgados en base a su constancia en la oración. Tampoco he suscrito nunca a los propósitos de algunos teólogos que afirman que no se autoriza a los musulmanes aplazar la práctica de este segundo pilar del islam, ni siquiera en el campo de batalla o sobre nuestro lecho de muerte. Dios es menos intransigente y más generoso. Tampoco creo en las promesas de paraíso ni en las amenazas de infierno. Es evidente que tales creencias no pueden ser corroboradas por demostraciones. Considero también que la resurrección de los cuerpos es improbable. La reflexión razonable más elemental no sabría avalar esta hipótesis. Si debe haber resurrección, no serán los cadáveres los que recobrarán vida y saldrán de sus tumbas. ¿Entonces? ¿El alma? Sí. El alma. Pero no es cuestión de un alma «individual». De ello he hablado en mis *Comentarios* sobre la obra de Aristóteles y en mi libro *Discurso decisivo*.

Sí, de vez en cuando hago la oración. ¿Soy, por tanto, un ser religioso? Respondería afirmativamente en el sentido de que la religión abre la vía a la reflexión filosófica sobre dominios que la pura razón no alcanza.

Terminé mi oración pronunciando la frase ritual: *Que el saludo y la misericordia de Aláh sean sobre vosotros*, y me dirigí a la salida.

Y la vi.

En el espacio reservado a las mujeres.

Llevaba un vestido negro, un mantón cubría su cabellera y sus hombros.

Casi sin darme cuenta, susurré su nombre: Lubna.

---

20   Nicho de mármol esculpido que indica el rumbo de La Meca.

La había imaginado alejada de los santuarios. La estuve mirando fijamente un buen rato, deseando captar su atención, pero en vano. De todos modos, me estaba prohibido ir hasta ella y a ella también le estaba prohibido venir a mí. Cuando ya estábamos en el exterior, me puse detrás de un ciprés. Después de un largo rato, cuando los hombres habían cruzado el umbral, las mujeres les siguieron el paso y Lubna apareció a la luz del día. La verdad es que creí que la luz era ella. Se fue por una calle que llevaba al zoco, al este de la Gran Mezquita. La sombra dibujaba sus pasos y yo anduve a su sombra, rodeado por los aromas de la menta, la albahaca y el azafrán.

Se paró delante del puesto de un pañero y la vi coger un paño de seda. La negociación parecía áspera. ¿Inconsciencia? ¿temeridad? Me acerqué, cogí el paño de las manos de Lubna y pregunté al vendedor al mismo tiempo que palpaba el paño:

—¿De dónde proviene?

—Sale de los talleres de Jaén.

—¡Falso! ¡Es seda de Elvira!

—¡No! ¡De Jaén!

—Es inútil insistir. ¿Cuánto?

—Quince dinares.

—¡Siete!

—¡Doce!

—¡Diez!

—De acuerdo.

Entonces, sólo entonces fue cuando me volví hacia Lubna.

—¿Le conviene este precio?

Tuvo una expresión divertida y le pagó su importe al vendedor.

Apenas nos habíamos alejado del puesto, me dijo con un toque de ironía:

—Tienes talentos ocultos, hijo de la Sabiduría. Sabía que eras filósofo, no experto en sedería de Jaén y Elvira.

—No soy capaz de serlo. Pero oí decir que la seda de Elvira es la más común y más extendida. Imaginé, pues, que sería menos cara.

—¿Y si el vendedor estuviera diciendo la verdad? ¿Y si la seda proviene realmente de Jaén?

Me encogí de hombros

—En este caso, no habría dividido el precio por dos.

Continuamos nuestra marcha, en silencio, hasta el momento en que le confesé:

—Vine a menudo a visitarte. Todos los días, luego un día de cada dos.

Bromeó:

—Luego un día de cada tres, luego uno de cada cuatro…

—Todas las semanas. Se lo puedes preguntar a tu sirvienta.

—Inútil. Ya me lo dijo.

Se paró y me fijó con una intensidad que me sorprendió.

—Ahora, estoy aquí.

Me preguntó sin apartar la mirada de mí:

—Cuando viniste a verme por primera vez, ¿Te gustó mi infusión de hibisco?

Sorprendido por su pregunta, contesté que sí.

—Muy bien, vamos a mi casa.

XI

Cincuentenario de la muerte de Averroes
Sevilla, 1248

En los fuegos del atardecer, la Giralda, este alto minarete, hacía pensar en una flecha de sangre lanzada rumbo al cielo.

En la escuela contigua a la mezquita, una veintena de estudiantes estaban sentados sobre las alfombras, formando un semicírculo. La casa de Aláh no es solo un lugar de oración sino la sede principal de la enseñanza islámica. También sirve como biblioteca y como tribunal.

La edad media de los presentes oscilaba entre dieciocho y treinta años. Había también oyentes de más edad y apasionados amantes del saber, que tenían por costumbre ir de ciudad en ciudad en busca de nuevos maestros.

Hoy, habían venido para escuchar a al-Yáhiz. Un emérito doctor de la ley del que se decía que, con solo seis años, sabía recitar al dedillo las ciento catorce suras.

Al-Yáhiz se sentó en el suelo, a la altura de sus alumnos, respetando el uso que impone a un docente no elevarse por encima del círculo de sus oyentes; solo su ropa reflejaba la importancia de su función. Llevaba puesto el traje de los sabios, una *dyubba*, un vestido flotante de mangas largas. Su cabeza estaba envuelta en un turbante sabiamente anudado.

Empezó recordando las reglas de la vida en sociedad, el *adab,* que designa al mismo tiempo la cultura en un sentido amplio, pero también la cortesía, la educación y los buenos modales. Prosiguió con el sentido de los cinco pilares del islam. Contestó a las preguntas de los estudiantes, luego los intercambios se interrumpieron, tiempo de hacer la oración del mediodía, para retomar dos horas más tarde, tras un breve refrigerio.

—Ahora —anunció el maestro— me gustaría hablarles de un filósofo de quien celebramos hoy el cincuentenario de su muerte. Su nombre no les resultará, tal vez, desconocido...

Hizo una pausa antes de lanzar:

—Abú al-Ualíd Mohammad Ibn Ahmad Ibn Roshd.

Entre los asistentes se levantaron murmullos de reprobación.

—He aquí —retomó— al-Yáhiz, un seudo filósofo que se atrevió a declarar que el mundo no había sido creado, que no tiene ni principio ni fin, que la filosofía y la ciencia son indispensables para la comprensión del Corán. ¿Tenéis conciencia de lo que significan tales palabras? Si el mundo es increado...

Los rasgos de la cara del al-Yáhiz se endurecieron de golpe.

—... ¡no habría Creador! ¡Ateísmo, pues! No es todo...

El maestro agitó un manuscrito:

—¿Alguno de vosotros ha leído este tratado?

Sin esperar la respuesta, prosiguió:

—Se trata de *La Incoherencia de los filósofos* de al-Ghazálí. ¡Un gigante del pensamiento! En la historia de la humanidad existen seres que son estrellas en el cielo de la religión, semejantes a las configuraciones estelares que orientan a los marineros en la noche. El nombre de al-Ghazálí vale el de una constelación. ¡E Ibn Roshd tuvo la osadía de oponerse a él escribiendo una locura que tituló *La incoherencia de la incoherencia!*

—¡Condenado sea! —resonó una voz

—¡Está condenado!

Al-Yáhiz aplacó los gritos con un movimiento de la mano.

—¡Desconfiad, hermanos! ¡Desconfiad de los filósofos y los especuladores! Representan un peligro para el islam. No existen leyes de la naturaleza sino voluntades de Dios, y la ciencia debe borrarse ante la omnipotencia de la religión. ¡Dios es quien vincula los fenómenos, ya que los axiomas primeros de la ciencia son indemostrables y la razón incapaz de explicar la existencia de Dios, la creación del mundo o la inmortalidad del alma!

El maestro enderezó su turbante, que se había resbalado sobre su cráneo, y vociferó levantando su dedo índice al cielo:

—¡No hay más fuerza que en Dios! Por encima de la esfera de la razón existe otra esfera, muy superior, mucho más sagrada: ¡la de la manifestación divina!

Concluyó:

—¡Maldita sea la memoria de Ibn Roshd!

La multitud coreó tras él la maldición.

Y dejó de verse el sol.

XII

Volví a ver a Lubna.

Al día siguiente y los días siguientes. Y los meses siguientes.

Había días en que andábamos por Córdoba, a lo largo de las orillas del Gran Río. En esos preciosos momentos, el perfume de Lubna se mezclaba con el del jazmín y el azahar. Jamás hubiera imaginado que un solo ser fuese capaz de colmar tanto a otro. Hasta ese momento, había creído en la única riqueza de lo que mis lecturas me aportaban a mí, a la verdad del saber, a la de las ciencias, al rigor de las leyes, a la especulación. Con Lubna, descubrí el mundo de los vivos. El oído, el olfato, la vista, el tacto, tantos sentidos que, para mí, eran secundarios.

Al mismo tiempo, proseguía con más ahínco aún mis estudios de medicina bajo la tutela de Abenzoar.

Además de su práctica de la cirugía, el hombre se interesaba por las enfermedades de la cabeza, las orejas, la nariz, la boca, los pulmones, el corazón, así como por diversos tipos de fiebres, y por las epidemias. Un día, mientras hablábamos de los derrames pericárdicos y viendo él como me quedaba atónito ante sus extraordinarios conocimientos de anatomía, me confesó (bajo el sello del secreto) que algunas veces diseccionaba cadáveres humanos, lo cual era un acto blasfematorio para el islam.

Estaba tan admirado ante su ciencia que le supliqué que pusiera por escrito una parte de su saber con el fin de beneficiar con ello al mundo. Al principio se negó, pretextando que no tenía tiempo. Insistí, en vano. Luego, cierto día, lo vi avanzar hacia mí y entregarme dos gruesos volúmenes titulados el *Taisír*. «Aquí tienes, hijo mío —me dijo con cierta indiferencia—, y que les suceda lo que Dios quiera».

Esta obra magistral reúne la mayor parte de las experiencias a las cuales se había dedicado Abenzoar y sus aportes a la cirugía. Describe, entre otros, las *assoab*,[21] que son pequeños piojos que reptan bajo la piel de las manos, los muslos y los pies y salen vivos cuando se rasca la piel. Son tan minúsculos que el ojo apenas puede verlos. A diferencia de los demás médicos, concedía una gran importancia a la observación y a la experiencia, que consideraba como las mejores bases de la práctica médica. Insistía en especial —de ello fui testigo— sobre el examen clínico del paciente antes de cualquier prescripción. También era excelente en el tratamiento de las enfermedades digestivas y, para gran estupefacción mía, lo vi una noche alimentando un enfermo desnutrido colocando una sonda en el canal que va de la garganta al estómago.[22] Otro día, me enseñó un tumor que un paciente había evacuado en sus excrementos. Era de la talla de una manzana. Como vio lo sorprendido que yo estaba, me explicó que aquel tumor provenía de una porción del intestino grueso y me describió la enfermedad que provocaba.[23]

Cuando llegada la noche, iba a reunirme con Lubna y me regeneraba en ella, me abrevaba como se abrevan los desesperados. Ya que, intuitivamente, presentía que cada instante vivido con este ser me era contado, que cada día

---

21 Se trata de los parásitos de la sarna.

22 Obviamente, Averroes fue testigo de una alimentación por sonda esofágica.

23 Averroes ignora en este momento que está ante el primer diagnóstico del cáncer de colon.

me sería reprochado por un Dios del que, sin embargo, yo estaba convencido que no tenía ningún control sobre el universo ni sobre los seres singulares.

***

Desde la llegada de los almohades, una tensión perceptible reinaba sobre al-Ándalus. Su rigorismo suscitaba muchos temores entre los sabios, y se escondían los libros que trataban de filosofía. Incluso mi querido maestro, Abenzoar, estaba obligado a callar algunos de sus pensamientos. Cierto día, llegó a la hora habitual para prodigarnos sus enseñanzas, y vio que yo tenía en las manos el libro I del tratado *Meteorológicas* de Aristóteles. Me lo agarró de las manos y se abalanzó sobre mí, dispuesto a pegarme. Debí mi salvación solo a la huida. Varios días más tarde, armándome de valor, fui a verlo y me apresuré a presentarle mis disculpas por haber traído bajo su techo un libro aparentemente prohibido. Abenzoar aceptó mi contrición y retomó su clase con la diferencia de que, después de haberla terminado, me ordenó recitar versículos del Corán y que, cuando estuviera de vuelta a mi casa, cumpliera con rigor mis deberes religiosos. Viniendo de un hombre de ciencia, aquellas recomendaciones me parecieron desconcertantes y me preguntaba con tristeza si él no había sido adoctrinado por los discursos rigoristas de los teólogos almohades. Me costó trabajo creerlo, sabiendo de qué manera aquellos oscurantistas desarrollaban los argumentos más falaces para llevar el pueblo a creerlos, sin darle la oportunidad de averiguarlos o debatir sobre ellos. Al contrario, suscitaban aversión hacia los filósofos y los verdaderos sabios, por miedo a que la razón que estos últimos enseñaban a la gente llevase a conocer los errores en que los hundían. Y he ahí que cierto día, vi con enorme sorpresa a Abenzoar que, como un ladrón que teme ser apresado, recuperó de un cofre el libro I de las *Meteorológicas*, ese mismo que me había confiscado, y me declaró: «Ahora que estás preparado para la lectura de esta obra, nada me impide leerla contigo».

***

Pronto, la medicina dejó de tener secretos para mí, igual que el derecho canónico y la jurisprudencia, y empecé a interesarme por la astronomía y la física. Pero es esencialmente en el dominio de la jurisprudencia donde mi fama se agrandaba. Regularmente, y en detrimento de mi joven edad, y para orgullo de mi padre, venía gente de todo al-Ándalus para consultarme a propósito de tal o cual asunto jurídico. Les aportaba respuestas privilegiando el *método comparativo*, que consistía en resolver un caso buscando las similitudes que tuviera con otro caso. Afirmo que los verdaderos juristas no se distinguen por la suma de sus conocimientos, no más que el zapatero por la cantidad de sus zapatos. El auténtico jurista es aquel que es capaz de aplicar la ley con sabiduría y sin ceguera.

También me dediqué mucho al estudio del *kalám*, término que califica la teología musulmana. Es una práctica muy antigua que, en el transcurso de los siglos, se fragmentó en cuatro escuelas.[24] Una de ellas es la que domina hoy en la Península y lleva el nombre de *ash'arí*, derivado del nombre de su fundador, al-Ash'arí, un teólogo originario de Bagdad. Me hubiera parecido no desprovista de interés si no fuera porque en ella había tantas posturas que considero no sólo radicales, sino peligrosas. Según los ash'aríes, nuestro mundo estaría constituido por ínfimas partes desprovistas de cualquier aptitud y de cualquier autonomía. Dios sería quien las combinaría, las encajaría, como Él quiere, tanto como Él quiere. Así, un Creador omnipotente tendría vía

---

24 La escuela hanafí, la más antigua de las escuelas sunitas; la escuela malekí, la escuela shafi'í y la escuela hanbalí.

libre para organizar el mundo en todo momento, a su antojo. Para ellos, la razón no habría sido, pues, dada al hombre para descubrir por sí misma las verdades superiores, las que se elevan por encima de nosotros.

La otra tesis defendida por los ash'aríes es la no-existencia de causas en el universo. Lo cual da a entender que los seres no están dotados de ningún poder. Dios, solo Él, actúa, en todo momento, en su lugar.

Imaginemos que yo encienda una vela, que coja un pedazo de tela y que lo acerque a la llama. En buena lógica, la tela se abrasará. Desde el punto de vista de los ash'aríes, la vela no la he encendido yo, ni he desplazado mi mano, ni provocado este abrasamiento. De este conjunto de acciones, Dios es el responsable.

Lo cual me lleva de nuevo —cómo evitarlo— a al-Ghazálí, que fue un ash'arí convencido antes de optar por el sufismo.

El drama de todos los gobiernos que se han sucedido es haber dejado demasiado espacio a los teólogos ash'aríes. ¿Cuándo se les hará callar? Tal vez haga falta que yo redacte un «contra-*Kalám*». Una teología alternativa. Puesto que no me imagino destruir una construcción sin proponer otra.

Mi abuelo, mi padre y yo mismo somos adeptos de una escuela que considero mucho más liberal y menos retrógrada: la escuela malekí. Su doctrina está centrada en la enseñanza del imam Málik, que pasó la mayor parte de su vida en Medina. A él debemos una obra monumental que tituló *al-Muatta'* y que no cesó de enriquecer durante cerca de cuarenta años. Inicialmente, la obra pretendía ser un censo de las tradiciones y las leyes en vigor en Medina en tiempos del Profeta. Pero, al filo de la escritura, el contenido adquirió una densidad tal que se convirtió en el fundamento del malekismo[25]. Se ha dicho muy a menudo: «No existe sobre la tierra ningún libro que sea tan cercano al Corán como

_____

25 Dos únicas versiones han sobrevivido.

el *Muatta'* de Málik». A pesar de su prestigio y su autoridad, Malik siguió siendo un hombre modesto. A menudo, cuando no estaba seguro, contestaba: «No sé». Era también un hombre moderado que se negaba a que se le encasillara en un partido y que descartó todos los hadices que le parecían ligados a una facción determinada.

A diferencia de los ash'aríes, preferimos el consenso jurídico. Es decir, el acuerdo de los juristas y los sabios musulmanes sobre un asunto determinado. Siguiendo el ejemplo del imam, consideramos que la práctica corriente es mejor que un decir aislado: «Mil viniendo de mil valen más que uno viniendo de uno». Admitimos también que una analogía indeseable pueda ser descartada en nombre del interés general. Considerando que el interés general es la noción central de nuestra doctrina, pensamos que es preferible basarse en él en caso de ausencia de texto coránico claro.

La verdad es que la teología es una materia demasiado seria como para dejarla en manos de los teólogos. Por una parte, son demasiado inteligentes como para dirigirse al pueblo, al atenerse únicamente al texto sagrado; por otra parte, no lo son lo suficiente como para poder explicar con claridad los pasajes más oscuros y los más complejos de la Revelación. Sin contar que no se debe nunca enseñar de la misma manera a la élite y al vulgo. Sí, tengo conciencia de la gravedad de estas palabras. Aun así, estoy convencido de lo que digo. Está el pueblo y está la élite. No nos dirigimos al uno como al otro cuando hablamos de religión.

La élite está formada por gente que posee vivacidad intelectual, cultura, pero esto requiere tiempo, estudios, enseñanza, buena memoria y cuerpo sano. Cuanto mejor está el cuerpo de un individuo, tanto mejor piensa.

La naturaleza, lo sabemos, no prodiga sus beneficios de modo igual y a todos. Así es como algunos hacen razonamientos puramente primarios: «Hay un merodeador, es pues un ladrón».

El peligro de los ash'aríes es que pretenden, a cualquier precio, imponer a las masas unos razonamientos erróneos. Razonar mal es una cosa, pero querer difundir el razonamiento malo es otra cosa. Es una actitud muy grave en sí, y muy grave para el islam.

La religión no debe ser otra cosa que la verdad explicada por la razón. Y cuando me preguntan ¿cuál es el sitio de la filosofía en el islam? ¿El acto de filosofar está permitido por la *sharía*? ¿Es condenable? ¿Es recomendado u obligatorio? Contesto: Ante la sharía, la filosofía es una actividad no solo recomendada sino obligatoria. Sin embargo, me apresuro a precisar: únicamente para aquellos que sean aptos para practicarla. Estos tienen la garantía de que el islam no puede alzarse y *no debe* alzarse contra ellos, sino, al contrario, alentarlos.

Religión y filosofía no entran en contradicción; ya que, como lo he escrito en mis primeras páginas: *La verdad no podría ser contraria a la verdad.*

En el Corán, los sabios están llamados a ejercer su ciencia, y los que practican la filosofía estarán preparados para averiguar no solo la integralidad del texto revelado, sino de alguna manera, la de los demás textos sagrados. Gracias a la interpretación, que solo los filósofos dominan, se vuelve posible llegar a conclusiones conformes con las de la razón.

No lo repetiré nunca lo suficiente: la base de todo es la racionalidad. Evitar la razón, cuando se aborda la religión, equivale a ir hacia irreversibles extravíos.

***

A mediados del mes de enero de 1152, mi padre me anunció:

—Sarah espera nuestra visita. Iremos a casa de sus padres mañana.

Vacilé y una corriente glacial recorrió mi cuerpo.

—¿Sarah?

—¿Has olvidado que nos hemos comprometido ante mi hermano?

—Perdón. *Vosotros* os habéis comprometido.

—¿Acaso no soy tu padre? Mi palabra es la tuya.

—¿Y ella?, ¿ha dado su acuerdo para este casamiento? Su consentimiento me parece esencial.

—Claro que está de acuerdo. Si no lo estuviera, nada le habría impedido expresar su negativa. Todas las mujeres tienen derecho a aceptar o rechazar una proposición de casamiento.

Me atrincheré en una muda oración.

—¿Entonces?

Articulé con la boca seca:

—No estoy preparado, padre. Necesito tiempo.

Movió la cabeza de derecha a izquierda.

—No está bien, Ibn Roshd. Sabes muy bien que el islam condena el celibato.

—¿No acaba de decirme que todas las mujeres tienen el derecho de aceptar o rechazar una proposición de casamiento? ¿Acaso lo que les es concedido a ellas no me lo sería a mí?

—Hijo, cometes un error muy grave. ¿Qué les voy a decir a los padres de Sarah?

—Necesito tiempo.

Mi padre me miró fijamente, como si intentara desentrañar mi alma.

—¿Estarías pensando en otra mujer? Si es el caso, y con la condición de que sea virtuosa y de buena familia, no me opondría.

Me contenté con mover la cabeza.

***

Pasó un mes, luego dos.

Cada vez que mi padre volvía a insistir, le daba la misma respuesta y me dolía ver que estaba haciéndolo sufrir.

No podía seguir viviendo de aquella manera. Poco importaba que Lubna fuera diecisiete años mayor. Como mi madre me lo había hecho observar, ¿acaso no era la misma diferencia de edad entre el Profeta y su esposa?

Decidí confiarme a Lubna.

Me acuerdo de aquel día. Era en pleno verano de 1152 de los latinos.

Acabábamos de hacer el amor. Respiré profundamente y anuncié:

—Mi padre quiere que me case.

Vi como la cara de Lubna cambiaba. Vi como una emoción indefinible atravesó su mirada.

—No se equivoca. Has llegado a una edad en la que el casamiento se impone.

—Mi padre querría que esta unión se hiciera rápidamente.

—Sabes que entre nosotros la prisa es requerida en tres casos: enterrar los muertos, abrir su puerta al forastero y… casar a las hijas.

¿Por qué tuve la impresión de que estaba recitando un texto?

—Mis hermanas ya están casadas.

—Razón de más para que te toque.

Le hice observar con una pizca de amargura:

—¿Tan poco te importa que me case? ¿No existo, pues, a tus ojos?

—Hijo de la Sabiduría, estás desvariando.

Grité:

—¡Entonces, cásate conmigo!

De pronto tuve la impresión de que una máscara se había pegado sobre las facciones de su cara. Ya no era la misma mujer.

Se quitó la sábana de encima y se bajó de la cama para ir hacia la ventana que daba al patio y dijo, sin volverse hacia mí:

—Ibn Roshd, ¿sabes lo que está escrito en el Corán? *Vuestras esposas son campo labrado para vosotros. ¡Venid, pues, a vuestro campo como y cuando queráis!*. No me he considerado nunca como un campo por labrar. Además, acuérdate de lo que te dije el primer día: no me gusta mucho la demasiado larga convivencia.

Salté yo también de la cama.

—Ya que hablas del Libro, debes saber que también se refiere en un hadiz que todas las veces que un hombre está a solas con una mujer, Satanás es el tercero. ¿Me pides seguir viviendo en el pecado?

Se volvió hacia mí con estupor.

—¿Acaso te he pedido yo algo, Ibn Roshd? Te gustaron mis infusiones de hibisco, nuestras rutas se cruzaron y nuestros cuerpos se unieron. ¿Te exigí yo algo? ¿Prometiste tú algo? La vida es en la mayor parte del tiempo sinónimo de tinieblas. Nosotros nos hemos aportado un poco de luz. ¿Quién? ¿Quién de nosotros está vinculado? ¿Y a qué?

—¡Nosotros! ¡Nosotros estamos vinculados el uno al otro!

—¿Y cuál es el nombre de ese vínculo, hijo de la Sabiduría?

Vacilé un corto instante antes de contestar:

—El amor. El amor es ese vínculo.

—El amor es una palabra. ¿Acaso mis labios la pronunciaron alguna vez?

—¿Acaso necesitamos decir para sentir?

—En este caso, te voy a decepcionar. No siento amor por ti, Ibn Roshd. Sólo es un inmenso cariño. Es todo.

Mis hombros se encorvaron.

—Encontrarte habrá hecho, pues, mi desgracia.

—Hijo de la Sabiduría, ni la desgracia ni la felicidad duran. Son pequeñas parcelas de la vida que van y vienen.

Casi susurrando, dijo:

—Y es necesario haber querido morir para darse cuenta de lo bueno que es vivir.

Desconcertado, y como no encontraba las palabras justas, dije, ahogado por la rabia:

—Me has engañado…

—Vamos, hijo de la Sabiduría. Eres un crío. Vete, pues. Vuelve con los tuyos. Allí estarás más seguro.

El tono de su voz se volvió más seco cuando añadió:

—Pero, al salir, asegúrate de llevarte a Satanás contigo y no vuelvas nunca más.

Me vestí temblando, luchando contra mis lágrimas, y corrí hacia el umbral.

***

No sé si el diablo me siguió, pero el infierno sí que me estaba esperando.

¿Cómo podía haber sido tan joven hacía apenas un instante y tan viejo, de repente? Todo ese dolor que subía de las profundidades de mi ser, transformaba mi sangre en lava y me abrasaba las venas. Pensé de nuevo en la advertencia de mi madre: «El amor no compartido enloquece». Pensé de nuevo también en el cuento de Qais y Laila, en la pasión que devoró a Ibn Zaidún. Era el receptáculo de todos los desengaños amorosos, los de ayer y de mañana, de todos los hombres y de todas las mujeres.

Tras haber errado por Córdoba hasta el crepúsculo, atravesé la alcazaba y volví sobre mis pasos. Sentía muy bien la mirada recelosa de la gente; me parecía seguramente a alguno de esos *maynún*, esos locos que, por sus gemidos y sus caras desfiguradas, asustan a los niños. Mil ideas confusas luchaban dentro de mi cerebro sin esperanza de que alguna de ellas primara sobre las demás. Y estaba ese perfume de ámbar y ese sabor a naranja que obsesionaba mis sentidos.

De repente, me encontré en el barrio judío, delante de la puerta de una de esas *jammáras* de las que hablaba Abubácer.

Oigo decir que serán damnificados los amantes del vino.
No hay verdades, en ello, sino mentiras evidentes.
Si los amantes del vino y del amor van al Infierno,
el Paraíso estará necesariamente vacío, entonces.

Debo de haber recitado este cuarteto de Jayám al cruzar el umbral de aquel lugar de perdición. De todos modos, nadie habría podido oírme de lo alto y fuerte que en el interior hablaban y reían. Sentado en un rincón, un hombre joven de rasgos faciales finos rasgaba las cuerdas de un laúd. Tal vez era uno de esos «afeminados profesionales» que venden sus favores. No me hubiera sorprendido que lo fuera. Detrás del mostrador había un personaje rechoncho. Su cara, afable, contrastaba con la imagen que yo me había hecho hasta entonces de las *jammáras*. Le susurré:

—Vino.

—¿De qué cosecha?

—Importa poco. Vino.

—¿El precio también importa poco?

Le enseñé una quincena de dinares.

—¿Será suficiente?

—Para empezar, dos bastarán.

El *jammár* cogió un vaso, se dirigió hacia uno de los barriles apoyados contra la pared y volvió hacia el mostrador.

—Toma. Es menorquín. Excelente. *Kosher*, por supuesto.

—¿Quieres decir *halal*?

—¿Sabes diferenciarlos?

Eludí la pregunta y llevé el vaso a mis labios.

Dos voces me soplaban al oído. Una me decía: *¡Oh creyentes! ¡El vino es una abominación!*, la otra: *si hay que morir mañana, ¡verás quién de nosotros dos tendrá más sed!*

Bebí.

Bebí más todavía.

Bebí hasta ahogar mi cerebro, hasta que unas naves invisibles empezaron a dar vueltas y más vueltas en él, hasta que los *yins* bailaron ante mis ojos y dieron vueltas y más vueltas.

Bebí hasta que la muerte empezó a correr por mis venas. Hasta convencerme de que mi desaparición arrastraría la de todos los hombres y la de todas las mujeres.

Y la de Lubna.

Cuando los primeros fuegos del alba abrasaron la ciudad y la llamada a la oración resonó, me desplomé y me envolvió un velo negro.

***

¿En qué momento oí la voz de mi padre? ¿Qué día?

Me acuerdo solamente de que, cuando recuperé la vista, él estaba de pie, cerca de mí. Pero también mi madre, mi hermano Dyibril, y mis dos hermanas, Mariam y Malika. Formaban todos ellos un semicírculo a los pies de mi cama y llevaban sobre sus caras la expresión que tienen las familias al lado de un moribundo.

Constatando que estaba volviendo a la vida, mi madre cogió mi mano y la cubrió de besos.

Mi padre se contentó con mirarme fijamente en silencio.

Me encontré con su mirada.

En ella estaban brillando las llamas del Infierno.

XIII

El tiempo cura todos los males, con la condición de que nos olvidemos de la causa de nuestro mal. Durante mucho tiempo, esperé que las estrellas se apagaran, que se precipitaran la luna y el sol, que se cubrieran de negro los minaretes, los campanarios de las iglesias y las puertas de las sinagogas. Pero adivinaba, sin ser capaz de explicarlo, que la historia no había terminado, que un día u otro, volvería a ver a Lubna. No me imaginaba que sería en circunstancias tan tristes.

Durante mis días de estudios, ocurría que, como un relámpago que arañara el cielo, el recuerdo de Lubna atravesaba mi memoria. En esos momentos, no tenía yo otra opción que esperar que el cielo se despejara de sus nubes. Más de una vez, estuve a dos dedos de ceder a la tentación de ir a llamar a su puerta, Pero resistía. Era una lucha constante. Agotadora.

«Es necesario haber querido morir para darse cuenta de lo bueno que es vivir». ¿Por qué estaba yo convencido de que estas palabras debían reflejar las heridas más profundas de su ser? ¿Qué había querido decir?

Un día me enteraría. Un día, me enteraría de cuán equivocado había estado.

Mientras que el verano iba hacia su final, me acerqué a mi padre.

—Estoy decidido. Vamos a ver a Sarah.

—¿Estás seguro de tu decisión?

En su voz había incredulidad.

Asentí, siendo consciente de que jamás podría ofrecer mi corazón a mi futura esposa puesto que estaba calcinado.

Una semana más tarde, a la hora convenida, fuimos rumbo a los baños públicos. Salah, mi tío, y su esposa vivían en una calle contigua. La pareja nos acogió como se debía. Nos sirvieron refrescos, pasteles, y llegamos a la razón principal de la reunión.

Bastante rápidamente, mi padre y mi tío fijaron la cantidad de la dote, recordaron —solo por razones formales— la *nafaqa*, esa obligación que incumbe al marido de hacerse cargo totalmente de su esposa, trátese de la alimentación, la vestimenta o del alojamiento. Se decidió el día de la ceremonia, se procedió a la elección de la mezquita y del imam, la de los testigos, y finalmente se abordó la cuestión del lugar donde Sarah y yo viviríamos. ¿Sería en casa de sus padres o en la de los míos?

Decidí intervenir.

—Si me lo permiten, deseo que mi futura esposa y yo vivamos bajo un techo común, separados de nuestras respectivas familias.

Mi tío y mi padre se miraron, desconcertados. Mi padre me preguntó primero:

—¿Y dónde viviríais, hijo?

—Encontraré una casa. No tan bella como las vuestras, pero será suficiente para nosotros. Mis clases de jurisprudencia y mis consultas médicas me permitirán responder a nuestras necesidades.

Los dos hermanos estaban perplejos.

—Pero es posible —objetó mi tío—, que Sarah desee seguir viviendo con nosotros. En este caso, espero que no te opongas a ello.

—¿Por qué no hacerle la pregunta a ella?

—Tienes razón.

Salah se volvió hacia su mujer y le rogó que fuera a buscar a su hija. Obedeció y, poco tiempo después, volvió acompañada de Sarah.

Llevaba un vestido rosa, que le quedaba un poco grande. La parte baja de su cara estaba cubierta con un *jimár*, un fino pañuelo de gasa, y calzaba unos escarpines dorados de punta encorvada. Pero ese atuendo no lograba hacer olvidar sus quince años.

Guiada por su madre, me saludó con una inclinación de la cabeza. Le devolví el saludo.

—Hija —empezó mi tío sin demora—, nos gustaría hacerte una pregunta. Tu prometido desearía que os alojarais juntos en una casa, lejos de tu madre y de mí. ¿Qué piensas de esta petición?

Sarah se estremeció, probablemente molesta por el hecho de verse tan pronto confrontada a una elección tan importante. Dijo con voz muy baja:

—No sé, padre.

—¿No preferirías seguir viviendo con nosotros? —sugirió su madre.

No hubo respuesta.

Me levanté y me fui hacia mi prima.

—Está escrito que las mujeres tienen derechos del mismo modo que tienen obligaciones, conforme con la buena educación. Sin embargo, los hombres tienen preeminencia sobre ellas. Debes saber, desde ahora, que yo ni la tengo ni la tendré nunca sobre ti. Decide según lo que te dicte tu corazón.

Volvió a estremecerse y citó, para mi sorpresa:

—También está escrito: *los hombres tienen autoridad sobre las mujeres en virtud de la preferencia que Alá ha dado a unos más que a otros y de los bienes que gastan.* Me plegaré, pues, a tu deseo.

—¿Así que conoces las Escrituras?

—¡Oh no! Únicamente aquellas que mi padre me enseñó y que conciernen el deber de la mujer hacia su esposo.

—Entonces, Sarah, puesto que tengo autoridad sobre ti, exijo hoy que mi deseo sea esclavo del tuyo. Actúa como mejor te parezca.

Hundió sus pequeños ojos negros en los míos y, tras un momento muy corto, susurró:

—Puesto que lo exiges, contestaré según mi deseo.

Se volvió hacia sus padres y anunció:

—Viviré bajo el techo de mi marido.

Un año después de nuestra unión, Sarah dio a luz. Al recién nacido le dimos el nombre de Yehád, un nombre elegido por mi esposa. Le pregunté: «¿Por qué?». Me contestó: «Porque se parece a ti». Sonreí y le hice observar que, al contrario, era el retrato de su madre, con lo cual toda la familia estaba de acuerdo. Sarah meneó la cabeza: «Yehád significa "el que se esfuerza". Y tú estás hecho solo de esfuerzos. Lo noté desde el primer día. Te esfuerzas para superarte a ti mismo, te esfuerzas para aprehender todos los saberes del mundo, y te esfuerzas para ser un buen marido». Luego añadió mirándome fijamente: «sabiendo que no has deseado este casamiento».

Confieso haberme sorprendido. Cuando me dijo esto ella apenas tenía dieciséis años. No me imaginaba que a esta edad se pudiera leer en las profundidades del alma. No sé si Sarah sobrestimaba mis esfuerzos de superación, pero respecto a nuestro casamiento, estaba en lo cierto. Si dependiera sólo de mí, no me habría unido nunca con una persona tan joven y de la que no estaba enamorado. ¿Cómo podía estarlo? Otra seguía secuestrando mi corazón. Y aunque se hubieran cerrado, mis heridas seguían quemando. Sin embargo, con el paso del tiempo, mi apego a Sarah fue aumentando e incluso, si no se trataba de amor, lo que sentía por ella se le parecía cada vez más.

Me he acordado de las palabras de Lubna, cuando le

había declarado que la quería. «¿Sabes tú lo que es amar?». Ella había concluido: «Es un noble viaje, pero que siempre lleva hacia un final».

Ese viaje, no pensaba volver a realizarlo jamás. No por egoísmo o por temor a vivir nuevos sufrimientos, sino porque mi espíritu, tan ocupado de nutrirse, obsesionado por una búsqueda de infinito que consistía en encontrar respuestas a preguntas que yo sabía que no tenían respuestas, mi espíritu necesitaba espacio.

La primera noche, frente al cuerpo de Sarah, me sentí perdido. Había conocido el impudor de Lubna, sus pechos generosos, sus manos, su lánguido vientre. ¡Qué contraste con la discreción de Sarah, las curvas irreprochables, la firmeza de su pecho, la pureza y la inocencia! Descubrí otra forma de goce, menos impetuosa, comparable a las aguas quietas del Gran Río.

Seguí trabajando sin descanso, entre mis clases de jurisprudencia y mis pacientes. La deshonestidad de algunos de ellos me obligó más de una vez a reclamar lo que me debían ante los jueces. Hay que saber que entre médicos y pacientes existe una forma de acuerdo moral: acordábamos una cantidad, pero pagaban solo si se curaban. Desafortunadamente, he sido a menudo confrontado a la mala fe. Una vez curados, los pacientes impugnaban los honorarios. Y como éstos se precisaban solo oralmente, la única vía de arreglo consistía en acudir a un juez que exigía el juramento de cada una de las partes. Solución vana, puesto que los pacientes no vacilaban en jurar en falso. Estaba tan cansado de estas actuaciones que renunciaba a obtener fallos a mi favor. Por si fuera poco, me las tenía que ver con personas que se jactaban de ser médicos y que no hacían, en realidad, más que vender talismanes y hacer sangrías. Los había incluso entre los controladores de los mercados. Lo más entristecedor es que estos charlatanes encontraban reconocimiento ante jueces iletrados que exigían solamente que los talismanes y demás fórmulas mágicas estuvieran hechos en nombre de Aláh y que en ellos hubiera versículos del Corán. Para justificar sus prácticas, aquellos impostores afirmaban apoyarse en la manera con que el Profeta había curado o aconsejado a enfermos de su entorno, omitiendo mencionar que este tipo de prácticas se remontaba a más de cinco siglos.

Cada vez que tenía tiempo, iba a casa de Abenzoar y debatíamos de la vida, la política y la ciencia. Una mañana, mientras conversábamos, vimos llegar un personaje que se presentó como un enviado del califa al-Mu'min. Este último exigía que Abenzoar retomara el texto del *Taisír*, su prodigioso tratado de medicina, para hacerlo más accesible a los estudiantes de medicina y más conforme a un «modelo general». A pesar de sentirse fuertemente irritado, Abenzoar tuvo que resignarse a redactar un sucedáneo de su obra, que tituló *Kitáb al-Yámi'*. Al expresarle yo mi asombro ante su abnegación, me confió una información que me dejó sin voz.

—¡Diez años! Diez años he vivido encerrado en las prisiones de los almorávides en Marrakech. Créeme, Ibn Roshd, si hubieras conocido semejantes sufrimientos, tu abnegación sería el doble de la mía.

No me reveló el motivo. Parece ser que el califa de la época le infringió este castigo por haber sido insultado por el padre de Abenzoar.

***

Era el mes de febrero de 1155 de la era de los latinos. Acababa de terminar mi clase en la madrasa de la mezquita Ajab, cuando uno de mis alumnos me presentó una pequeña bolsa.

—Maestro, me han encargado de entregarle esto.

—¿Quién?

—Una mujer.

—¿Su nombre?

—No me lo ha dicho, maestro. Sólo me ha hecho prometer que le entregaría este objeto.

Di las gracias al joven y quité el anillo que cerraba la bolsa.

No había más que una flor en el interior.

Una flor de hibisco.

Es asombrosa la rapidez con la cual el cerebro es capaz de asociar objetos, olores o colores de una persona. No dudé ni un instante de la identidad de la expedidora.

¿Pero por qué esta curiosa manera de acordarse de mí? ¿Por qué únicamente esa flor? ¿Sin explicación, sin ninguna petición? Pasado el instante de emoción, sentí como subía en mí un sentimiento de ira. ¿Qué es lo que se imaginaba? ¿Que me iba a precipitar a su casa, hacerle el amor para luego ser echado como un inoportuno? E incluso si acallaba mi orgullo, ¿cómo habría podido ceder a tal solicitud cuando estaba ya casado y padre? Tiré la flor y la bolsa y me fui a mi casa y, como me esperaba, no pude conciliar el sueño.

—¿Y si estuviera equivocado? ¿Y si esa flor tuviera otro sentido que el que yo le daba?

El almuédano acababa de llamar a la oración del 'asr, la que empieza cuando la sombra supera la talla del objeto, cuando decidí acabar con mis cuestionamientos. Fui a casa de Lubna.

La sirvienta, siempre la misma, me abrió la puerta.

Para gran sorpresa mía, me cogió vivamente la mano y la besó.

—Gracias, señor, gracias —susurró—. ¡Aláh le bendiga!

Pensé que no le habrían entregado la flor

—¿La flor? ¿Qué flor?

Asintió con un gesto de la cabeza y explicó avergonzada:

—No sé ni leer ni escribir. Me acordé de sus visitas. De las infusiones. Pensé que comprendería.

—Pero… ¿Y tu ama?

—No está al corriente. Tomé yo la iniciativa de ir a buscarlo. Ella se negaba. Incluso me hizo jurar que no lo hiciera cuando pronuncié su nombre.

Me indicó una puerta al fondo del pasillo.

—Está enferma. Muy enferma. Lleva semanas consumiéndose. Vino un médico. Un inútil. Desde su paso por aquí, su estado ha empeorado. Entonces, pensé en usted. La reputación de usted es grande. Se lo ruego. Venga, venga…

Sin esperar mi aprobación, me agarró del brazo y me arrastró literalmente hasta la habitación de Lubna.

—Le dejo —susurró al mismo tiempo que huía.

Lubna estaba tendida en su cama. Parecía dormir.

Me acerqué e inmediatamente, la palidez de su cara me llamó la atención.

Me arrodillé y susurré su nombre.

Como no reaccionaba, repetí: «Lubna».

Parpadeó y casi enseguida una expresión de terror apareció sobre su cara.

—¡No! ¡Vete! ¡Vete!

—No temas nada. Me iré. Pero después de haberte examinado.

—No estoy enferma. ¡Vete!

—No puedo. Sería traicionar mi juramento.

—¿Un juramento?

—Sí. Prometí y juré ser fiel a las leyes del honor y de la probidad en el ejercicio de la medicina. Yo…

—¡Cállate, Ibn Roshd!

Unas lágrimas perlaban en sus ojos.

Como pareció resignarse, cogí su muñeca izquierda. No opuso resistencia. Los latidos eran galopantes, pero regulares.

Le pregunté:

—¿Qué sientes?

—Me muero.

—Explícame, Lubna.

—Me duele. Cada hueso de mi cuerpo es un dolor. Vomito todo lo que como, si como. No soy capaz de ir de mi cama al patio porque se me agota la respiración. Por momentos, creo que mi cabeza va a agrietarse, por momentos también, veo doble todo lo que veo.

Le pedí que se quitara la túnica. Después de un breve instante de vacilación, obedeció. De pronto, era como si fuera una niña.

«Los preceptos de Hipócrates resonaban en mí como si el griego me susurrara al oído: Acuérdate. La vista es el primer sentido que permite tener una impresión general del paciente. Permite también definir si el comportamiento es quieto o agitado, coherente o delirante. Más móvil en las mujeres que en los hombres, en ellas el rostro necesita ser examinado de forma más atenta. Sea para evitar ser alterado por quejas o por una expresión de dolores a menudo exagerados, sea en el caso de enfermedades reales para reconocer con certeza las verdaderas lesiones que existen».

»El tacto es el segundo sentido requerido: el examen de una herida, una fractura o de cualquier región sobre la cual el paciente llama la atención del médico. El médico puede observar así una deformación, un cambio de temperatura o de consistencia, sensibilidad o dolor. La oreja pegada al tórax, el oído puede percibir numerosos ruidos: soplos, frotamientos o impresiones de líquido».

Examiné cuidadosamente cada parte de su cuerpo, hasta el momento en que mis dedos estuvieron en contacto con un bulto de talla importante que ocupaba la mitad externa de su pecho derecho.

—¿Desde cuándo este grosor está aquí?

—Apareció poco tiempo después de que te fuiste.

—¿Desde entonces tu salud empezó a empeorar?

—No te lo sabría decir.

—¿Te duele?

—No. A veces es molesto.

Levanté su brazo para descubrir el pecho y averiguar si la excrecencia se movía o si estaba fijada a la pared del tórax. Lo estaba. Noté también una ulceración del pezón.

No me atreví a confesármelo a mí mismo, pero el diagnóstico de nuestro maestro, Hipócrates, se imponía: *karkinos*.[26] esa terrible enfermedad que describía al-Rází en su volumen XII.

> Muchas veces, hemos visto en los pezones un tumor semejante exactamente a un cangrejo. En efecto, igual que en este animal, existen patas a ambos lados del cuerpo; asimismo, en esta afección, las venas extendidas sobre este tumor contra natura presentan una forma semejante a la de un cangrejo. A menudo hemos podido curar esta afección en sus comienzos. Cuando toma una envergadura considerable, nadie puede curarla sin operación.

Y, a juzgar por la talla del tumor, la intervención se imponía.

Sin embargo, Hipócrates consideraba que era mejor no tratar a aquellos pacientes cuya enfermedad se encontraba avanzada. Había observado que, si se trataban, morían rápidamente, mientras que, si no se hacía, vivían más tiempo. ¿Qué hacer? Por otra parte, en los propósitos de Lubna, había un elemento que me turbaba especialmente, puesto que coincidía con mis observaciones. Decía que este tumor apareció después de nuestra separación. No obstante, en el pasado, me había sido dado ver que, a menudo, esta enfermedad aparecía después de que el organismo hubiera sido modificado por una pena, un pesar, una contrariedad, grandes sustos u otras impresiones morales fastidiosas más o menos vivas. ¿Era una regla o una casualidad?

---

26 Una hipótesis pretende que la forma de ciertas lesiones cancerosas evocaba la forma de un cangrejo, lo cual explicaría el origen del nombre *karkinos*, citado por primera vez por Hipócrates (460-377 a.C.). Al-Rází coincide con el griego en su descripción.

Perdido en mis reflexiones, oí la voz de Lubna que me decía:

—Espero que seas más perspicaz en medicina que en el amor.

Sonreí a pesar mío y la ayudé a volver a vestirse.

—¿Entonces? —repitió—, voy a morir, ¿no es así?

Levantó la mano a modo de advertencia.

—¡No me mientas!

De nuevo las recomendaciones de Hipócrates me vinieron a la mente: *Si la mentira es útil al paciente a modo de un medicamento, mentir se vuelve necesario.* En el caso de Lubna, hubiera sido una ofensa.

—Te contestaré primero con el diagnóstico: no es bueno. Sufres de una enfermedad grave debida a un exceso de *melankholia*, la bilis negra.

Una risita sacudió a Lubna.

—Me muero, pues, de exceso de melancolía.

No contesté.

Insistió:

—Me voy a morir. ¿Cuándo?

—El pronóstico es reservado e incierto. Mi maestro Abubácer hacía esta pregunta: «¿Cuáles son las armas invisibles que tiene el cuerpo para resistir a los asaltos más temibles?». El hecho mismo de interrogarse da a entender que en algunos casos un paciente es capaz de vencer la enfermedad.

—Muy bien. ¿Cuál es tu conclusión?

—Pienso operar. Arrancar el centro del mal.

Me apresuré a precisar:

—Sin certeza de curación.

—¿Será doloroso?

—Sí.

Colocó su mano sobre el pecho enfermo.

—Doloroso y devastador.

Guardó silencio un tiempo antes de proseguir:

—¿Te acuerdas de lo que un día te dije? «Es necesario haber querido morir para saber lo bueno que es vivir».

—Sí, a menudo me pregunté qué podía significar esta frase.

Reveló:

—Tenía un hijo.

—¿Un hijo? Creía que nunca habías estado casada.

—¿Dónde está escrito que sólo el casamiento permite a una mujer parir?

Tomó una breve inspiración.

—Quise a un hombre. Apasionadamente. Tendría yo entonces veinticinco o veintiséis años y él diez años más. Era un comerciante bizantino. Estaba de paso por Sevilla y comerciaba con mi padre. Creí que los sentimientos que tenía por él eran correspondidos. Creí también que su locura igualaba a la mía. Sólo se puede amar verdaderamente con desmesura. Me tomó o, más bien, yo me ofrecí a él. Se marchó a Constantinopla prometiendo que volvería. Desde luego, no volvió. Nunca. Sería vano, creo, describirte el estado de desesperación y de furia en el que mis padres se hundieron al enterarse de que yo estaba embarazada. Mi padre pensó echarme. Mi madre se opuso. Nueve meses después de la partida de mi amante, tuve un niño.

Se interrumpió, la mirada perdida, como si intentase reunir sus recuerdos.

—Un niño precioso como lo son los frutos del amor. Cuando tuvo seis años, enfermó. Ningún médico fue capaz de curarlo, ni siquiera de comprender el origen de su mal. Su salud empeoró. Adelgazaba, día tras día, se consumía, se marchitaba como una flor privada de agua y de luz. Murió en mis brazos.

En un impulso casi inconsciente, atraje a Lubna contra mí. Prosiguió.

—La pérdida de un hijo, es el sufrimiento multiplicado por el infinito. No me ha abandonado nunca. ¿Me equivoqué? ¿Tuve razón? A partir de aquel día, ya no quise volver a amar. Amar no podía ser sino sinónimo de muerte.

Tenía la boca reseca por la emoción. ¡Qué tonto soy! Me dejé atrapar en la trampa más terrible: el fuego de la pasión. Ese incendio que todo lo abrasa y nos deja el espíritu y el corazón en cenizas. Que nos vuelve ciegos e incapaces de la menor reflexión lúcida.

—Perdóname. Si el perdón tiene aún algún sentido.

—Hijo de la Sabiduría, el perdón es a veces una forma de venganza. Prefiero el olvido. ¿Cómo hubieras podido saber?

Se separó de mí y dijo:

—No quiero que me operes. No quiero que mi pecho derecho sea afeado, ensuciado, herido. Porque un día quise morir y que ya no le tengo miedo a la muerte, quiero entregarle mi cuerpo íntegro.

Me sentí perdido.

Fui hacia la ventana que daba al patio.

La fontana seguía vertiendo su susurro de agua clara.

Había leído suficientemente a Galeno, a Avicena y a otros para estar convencido del funesto desenlace de esta enfermedad. En este caso, ¿por qué añadir a los sufrimientos nuevos sufrimientos abriendo la carne de la paciente?

—Necesito reflexionar —dije mientras volvía hacia Lubna—. Volveré mañana. Te lo prometo.

**

Me dirigí a la mezquita donde mis alumnos estaban esperándome. Estaba a la vez presente y ausente. Conocía el origen de mi desconcierto. El apego del médico a un paciente induce al miedo y a la duda. Demasiada emoción puede enturbiar su análisis. La terapia que yo contemplaba, ¿habría sido diferente si no se hubiera tratado de Lubna? La operación sería brutal. Tendría que sajar por encima del tumor, cauterizar para bloquear la sangre, luego diseccionar el pecho. El anestésico del que yo disponía no garantizaba de ninguna manera la insensibilidad al dolor: una esponja empapada de una mezcla de opio y beleño.

Terminada la clase, me quedé solo en el patio de las abluciones. Me senté con la cara entre las manos. ¿Qué hubiera hecho Abenzoar? ¿O Abubácer? ¿Qué decisiones hubieran tomado, si se hubieran enfrentado a la misma situación?

Cuando volví a mi casa, el crepúsculo descendía sobre Córdoba y las linternas arrojaban su luz ocre sobre las casas.

Mi hijo Yehád trotó hacia mí con gritos de alegría.

—Pareces agotado —dijo Sarah mientras me ayudaba a quitarme el abrigo de lana.

—Agotado, no. Contrariado.

—Te he preparado una buena comida. Buñuelos con queso. Supongo que estarás muerto de hambre.

—Agradecidas sean tus manos. Pero no comeré nada esta noche. Tal vez algunos dátiles.

Me dejé caer sobre el diván. La verdad es que estaba anonadado. Oí la voz de Sarah que decía a Yehád que ya era hora de ir a la cama. Sentí el beso que mi hijo me dio antes de retirarse, pero todas estas percepciones me parecían irreales.

Cuando mi mujer vino, un buen rato después, a acurrucarse contra mí y me habló fue cuando salí de mi letargo.

—Corazón, ¿Quieres hablarme? Es verdad que sólo tengo diecinueve años, pero te juro por Dios que puedo comprender ciertas cosas.

Saqué de mi bolsillo mi rosario de ámbar y empecé a hacer rodar las cuentas entre el pulgar y el índice.

—Dime. ¿Qué harías si tuvieras que elegir entre amputarle un miembro a un enfermo o intentar curarlo con farmacología?

Replicó sin ninguna vacilación:

—Si al amputarlo tengo la certeza de salvarle la vida, entonces amputaría. Pero si hay duda, jamás le retiraría ni la más mínima parcela de su piel. ¿Se trata de un hombre o de una mujer?

—Una mujer.

—Entonces, la duda debe beneficiarle a ella. No sé de qué parte del cuerpo se trata, pero acuérdate de que es sobre todo su feminidad la que será lastimada.

Apartó los brazos como para mostrarme su cuerpo.

—Imagina que se trate de mí.

—¡No quiero ni pensarlo!

Un rayo de luz se aplastó en el suelo.

Miré la noche que estaba invadiendo el cielo. Era luna llena. Según las leyendas, en este momento es cuando serían más fuertes las composiciones mágicas, y los muertos saldrían de sus tumbas en recuerdo de los soles de antaño.

* * *

Al día siguiente, anuncié a Lubna:

—Rechazas la intervención y no te puedo forzar. Pero deberás seguir mi tratamiento sin fallar. Me encargaré yo mismo de su preparación. Colocarás todos los días sobre tu pecho una cataplasma compuesta de polvo de hojas de cicuta y de pulpo fresco de zanahoria cocida[27]. Y mañana y tarde beberás un gran tazón de infusión de endivia.

—¿Endivia?

—Achicoria salvaje. Posee virtudes terapéuticas incomparables en este tipo de enfermedad.[28]

---

27 La cicuta no sólo es un veneno que causó la muerte de Sócrates. Bien dosificada, es también sedante y analgésica. En cuanto a la zanahoria, nadie ignora hoy sus propiedades antioxidantes. Los antiguos ya los conocían, sin saber determinar la razón.

28 No sabemos cómo Averroes estaba al corriente de las propiedades anticancerosas de la achicoria. Unos cuarenta años después de su muerte fue cuando, por primera vez, un médico y botanista árabe, Ibn al-Baitar, mencionó la endivia y sus virtudes en una obra donde están inventariadas más de 1400 especies de plantas. Es posible que Averroes hubiese tenido conocimiento de ello a través de los escritos de Avicena.

—Muy bien, maestro Ibn Roshd. Seré la más dócil de las pacientes.

—Tendrá que ser así, ya que pasaré todos los días para averiguarlo, aportarte los ingredientes y cambiar tu cataplasma.

Me estrechó la mano y dijo con voz débil:

—Aláh te bendiga. Gracias.

—A veces, lo que pensamos que es una desgracia resulta ser una felicidad escondida. Tu enfermedad nos ha permitido volver a encontrarnos.

XIV

Setenta y ocho años después de la muerte de Averroes
París, 8 de marzo de 1276

Étienne, con permiso divino, servidor de la Iglesia de París, saluda en el nombre del Hijo de la gloriosa Virgen a todos aquellos que tomarán conocimiento de la presente carta.

Un reiterado informe, que emana de personas eminentes y serias, animadas por un ardiente celo por la fe, nos ha hecho saber que en París algunos hombres de estudio, excediendo los límites de su propia facultad, se atreven a debatir y discutir en sus escuelas, como si fuera posible dudar de su falsedad, sobre unas execrables teorías, o más bien, mentiras y despropósitos, contenidos en el rollo o sobre las fichas en anejo de la presente carta.

¡Estos hombres se apoyan sobre errores divulgados por escritos de paganos! Cuando se les interroga sobre sus insensateces, no saben qué responder, o enmascaran sus respuestas de tal forma que, pensando en Escila, caen en Caribdis.

Dicen en efecto que esto es verdad según la filosofía, ¡pero no según la fe católica! ¡Como si pudieran existir dos verdades contradictorias, y como si, contra la verdad de las Santas Escrituras hubiera algo verdadero en los decires de estos malditos paganos!

Hubiera sido mejor que escucharan atentamente el consejo del sabio que dice: «Si tienes inteligencia, responde a tu prójimo: si no, pon tu mano sobre tu boca, para no ser cogido diciendo una palabra irreflexiva y ser así confundido».

Por consiguiente, para que esta imprudente manera de hablar no induzca a las gentes sencillas al error, según el consejo que nos ha sido comunicado tanto por los doctores en las Santas Escrituras como por otros hombres prudentes, prohibimos estrictamente que tales y semejantes cosas se produzcan y las condenamos totalmente, excomulgando a todos aquellos que hayan profesado u osado defender o apoyar, de la manera que fuese, los mencionados errores o alguno de ellos, así como a sus oyentes.

Por esta misma carta, emitimos, pues, una sentencia de excomunión contra todos los que hayan enseñado o escuchado el contenido de dichos rollos, libros y cuadernos, a menos que se entreguen en menos de siete días ante nosotros o ante el canciller de París como arriba se ha dicho. En cuyo caso, aun así, procederemos a otras sanciones tales como lo exigirá la proporción de la falta.

Para la Curia de París, en el año del Señor mil doscientos setenta y seis, el domingo en que se canta *Letare Iherusalem.*

Un olor a sebo flotaba bajo la bóveda del refectorio donde estaban reunidos unos veinte dominicos. Y, en el claroscuro, los escapularios negros que cubrían las túnicas blancas conferían a las siluetas la apariencia de grandes cuervos.

Fray Paul fue de los primeros en tener conocimiento de la carta de Etienne Tempier, obispo de París. Condenaba no menos de 219 tesis filosóficas y teológicas, entre las cuales once herejías —o consideradas como tales— escritas por el filósofo musulmán Averroes:

1. No hay más que un solo intelecto idéntico para todos los hombres.

2. La voluntad humana quiere y elige por necesidad.

3. Todo lo que ocurre aquí abajo está sometido a la necesidad de los cuerpos celestes.

4. El mundo es eterno.

5. Jamás ha habido un primer hombre.

6. El alma, que es la forma del hombre en tanto que hombre, perece al mismo tiempo que su cuerpo.

7. Después de la muerte, el alma, estando separada del cuerpo, no puede quemarse por un fuego corporal.

8. El libre albedrío es una potencia pasiva, no activa, que es movida por la fuerza del deseo.

9. Dios no conoce nada más que a sí mismo. No conoce a los singulares.

10. Las acciones del hombre no están regidas por la Providencia divina.

11. Dios no puede conferir la inmortalidad o la incorruptibilidad a una realidad mortal o corporal.

Paul se inclinó hacia su compañero de mesa y le susurró:

—¿Cuál es tu opinión sobre el anatema que acaba de pronunciar nuestro obispo? Es la segunda vez que procede a tal condena. La primera se remonta a seis años atrás y no afectaba más que a trece tesis. ¡Aquí se enumeran más de doscientas!

—Apruebo, por supuesto. Tanto más cuanto que Tempier es un maestro en Teología.

—Diría más bien: autoritario y ambicioso. No se te habrá escapado que los averroístas son los primeros aludidos.

—Fray Tomás de Aquino tenía razón pues al dar la alerta.

—El santo hombre, muerto desde hace tres años, no podrá, lamentablemente, saborear su triunfo. Sin embargo, existe un pequeño detalle que se te ha escapado: algunas teorías defendidas por Tomás son ellas también objeto de condena. Vuelve a leer su *Contra Averroes*, constatarás que emite ideas muy cercanas a las del cordobés. Entre las 219, he apuntado una veintena.

Su interlocutor estuvo a punto de asfixiarse.

—¿Sospecharías a Tomás de averroísmo?

—No diría tanto, pero…

—¡Poco importa! Hizo lo que tenía que hacer y su obra le sobrevivirá mucho más que la de ese filósofo.

Una pequeña sonrisa enigmática animó los labios de fray Paul.

—Los caminos del Señor son impenetrables.

—Tu actitud me parece inquietante. ¿No me atrevo a creer que te adhieres a las teorías de este impío?

—Digamos que, por un lado, hay un hombre que piensa que el alma humana es el reflejo de una sola realidad universal, por el otro lado, está la afirmación individualista de almas diferentes las unas de las otras. La visión de Averroes es, sin duda, discutible, pero —no es más que mi opinión— no merece la condena de la Iglesia. Y menos aún la censura. Por otra parte, nos olvidamos de un elemento de la mayor importancia: Averroes sigue siendo nuestra mejor, nuestra única vía de acceso a la comprensión de Aristóteles.

—No disiento de tu opinión. Pero no se ha limitado al trabajo de un simple exegeta. Se permitió sumar a la obra del griego sus propias ideas. En un caso como éste, la severidad es de rigor, tanto más cuanto que el gusano ya está en la fruta. Por otra parte, he oído decir que es el Santo Padre en persona quien ha exigido que se hicieran averiguaciones sobre estos extravíos e incitado al obispo a poncrlcs fin.

Una expresión de fatiga se dibujó sobre la cara de fray Paul.

—Juan XXI es famoso por sus conocimientos en medicina; lo cual, en mi humilde opinión, no le confiere ninguna autoridad en teología. ¡Y qué crédito concederle a un ex cardenal que, una vez que fue elegido, adoptó el título de Juan XXI cuando jamás ha habido ningún Juan XX!

—Ahora estás en la ironía, amigo mío.

—La ironía es a veces todo lo que nos queda para afrontar lo absurdo.

XV

Después de una tregua, el estado de Lubna se había agravado fuertemente. Había modificado mi tratamiento varias veces, e intentado sustituir la cicuta por el arsénico, porque me acordé de que Hipócrates lo usaba para curar las úlceras cutáneas.

Más de un mes nos separaba del día en que la sirvienta me hizo llegar aquella flor de hibisco. Un mes durante el cual había ido todas las tardes a casa de Lubna. Cuando ella tenía fuerzas, hablábamos de la vida, de la gente, de la vanidad de las cosas

Cierta tarde, me hizo la pregunta que tanto temía:

—¿Existe una vida después de la muerte?

¿Cómo habría podido confesarle mi convicción? ¿Cómo decirle que el alma individual es perecedera, que muere con el cuerpo, que solo el intelecto universal es inmortal; del mismo modo que la humanidad sola es eterna? ¿Cómo, en este instante terrorífico en el que un ser humano ve que su fin se acerca, cómo explicarle que el dogma de la resurrección individual no es más que un mito?

Le mentí. Le afirmé que la resurrección era una evidencia. No sé si me creyó, pero tuve la impresión de entrever en sus pupilas apagadas un ínfimo destello.

El verano había reanudado su influjo sobre al-Ándalus y los jardines llenaban el aire de perfumes.

Cuando la sirvienta me abrió la puerta, a la vista de la expresión de su cara, presentí lo peor. Y no me había equivocado. Me precipité a la habitación. Lubna tenía los ojos abiertos y miraba fijamente algo encima de ella y que yo no veía.

Me senté al borde de la cama y palpé su pulso. Era casi imperceptible y se iba muriendo.

De repente, volvió la cabeza hacia mí. Parecía serena.

—Feliz de verte, hijo de la Sabiduría. Me colmaste más que ningún otro hombre. ¿Te acuerdas de una frase que pronuncié un día?

Recordó:

—«Ni la desgracia ni la felicidad duran. Son solo pedacitos de vida que van y vienen».

Guardé silencio. ¿Habría podido contradecirla?

Me incliné y pegué mis labios contra los suyos. Cuando levanté la cabeza, me susurró:

—Te mentí. Te mentí el día en que te dije que no sentía amor por ti. Me mentí a mí misma también. Yo…

Su cuerpo se tensó, cogió mi brazo y apretó muy fuerte.

—Mis libros, jadeó, mi biblioteca es tuya desde ahora. Sé que la cuidarás.

Sus dedos se desanudaron.

Quiso añadir algo, pero no pudo.

Su brazo cayó de lado.

No pude contener mis lágrimas. Lloré. Sin pudor.

Pero mi tristeza pronto se vio multiplicada.

Pregunté a la sirvienta.

—Habrá que proceder sin demora al lavado del cuerpo. ¿Te sientes capaz de hacerlo?

Respondió entre sollozos.

—Sí. Por supuesto. Pediré ayuda a mi hermana.

—¿Doña Lubna tiene familia en Córdoba? ¿Alguien que pudiera ocuparse del entierro?

Al tiempo que hacía esa pregunta, me di cuenta, de

pronto, de que no sabía nada de la vida familiar de la mujer que había frecuentado durante todos esos meses.

—Tiene un primo con el que trabajaba. Sabe usted… el comercio de la sandáraca.

—Sí, me habló de él. Hay que prevenirlo sin tardar. ¿Dónde vive?

—En la medina, calle de los alfareros. Su casa está pegada a la Mozarabia. Puedo acompañarlo. Luego volveré con mi hermana para ocuparme de doña Lubna.

—Te lo agradecería. Vamos enseguida.

—Un instante, señor. Tengo que decirle algo muy importante.

Cogió mi mano y la guardó en la suya.

—Cuando usted se fue de aquí hace algunos meses, después de que se hubieran enojado, con doña Lubna… ¿Se acuerda?

Asentí. ¿Cómo habría podido olvidar?

—Se deshizo en lágrimas. Gritaba. Gemía. En mi vida, había sido testigo de un dolor tan grande.

—Pero…

—Sí. Lo sé. Lo oí todo aquel día. Le echó. Le echó porque lo quería a usted demasiado. Hasta el sacrificio.

—No comprendo.

—Era una bellísima persona. Solo quería que usted fuera feliz. Y sabía que esa felicidad, ella no se la iba a poder dar.

—¿Por qué? Es…

—La diferencia de edad. No quería envejecer y enfrentarse cada día a la juventud de usted. Veía su futuro como una tortura. Y, sobre todo, ya no podía tener hijos. ¿Qué es una unión sin hijos?

—¿Me estaba mintiendo, entonces, cuando afirmaba que no sentía por mí más que ternura?

—Sí, señor. Mintió. Porque su amor por usted rebasaba el amor.

***

El entierro fue triste, como todos los entierros. No estábamos más que cinco personas reunidas alrededor de la tumba en el cementerio de la Torre. El primo de Lubna y su
esposa, la sirvienta, un imam y yo. Una ligera brisa soplaba
entre las estelas, sin perfumes, sin olores. Seca y árida como
la muerte.

Esperé hasta el último instante. Hasta que los encarga-
dos hubieran cubierto completamente con tierra el cadáver. Hasta que ya no pudiese ver nada de aquel cuerpo que
había abrazado.

Ella sería mi primer amor y el último.

***

El 9 de julio del año 1157 de los latinos, nuestra casa se llenó
con nuestras dos familias, la mía y la de mi esposa. Celebrá-
bamos los veinte años de Sarah. Estaba mi padre, extraña-
mente lleno de energía a pesar de haber cumplido setenta
años, mi madre, mi hermano Dyibríl y mis dos hermanas
Mariam y Malika, los tres debidamente casados y padres.
Amal, la madre de Sarah, había fallecido un año antes, víctima de una enfermedad que, en principio, me había negado
a tratar. La experiencia vivida con Lubna me había servido
de lección. Pero, ante la insistencia de la familia, tuve que
ceder. Me arrepiento de haberlo hecho. El diagnóstico parecía evidente: violentos dolores de cabeza, ojos colorados,
dificultad respiratoria, frente ardiente. Había deducido que
se trataba de una fiebre eruptiva. Opuesto a la sangradura,
había prescrito a la enferma beber tres veces al día decoc-
ciones de corteza de sauce blanco.[29] Desafortunadamente,

---

29 La corteza de sauce ya estaba utilizada por Hipócrates (400 antes de nuestra era) para curar la fiebre y aliviar el dolor. Contiene un ingrediente que
sigue utilizándose hoy en día: el ácido acetilsalicílico, más conocido bajo el
nombre de aspirina.

122

el tratamiento fracasó. Una vez más, me encontré enfrentado a la invencibilidad del Ángel de la muerte y volvieron a mi memoria —¿pero acaso me habían abandonado?— las advertencias de Abubácer: «¿Sabes que esta ciencia no hace milagros? ¿Que, a pesar de toda tu devoción, algunos de tus pacientes morirán?».

Evidentemente, aunque no lo haya expresado, yo veía muy bien la decepción de mi tío. Había salvado la vida de pacientes anónimos, y había resultado ser incapaz de curar a la propia madre de mi esposa. Estoy convencido de que jamás dejará de reprochármelo.

Era, pues, padre desde hacía tres años. Al principio, reconozco no haber experimentado nada especial; solo una fascinación «científica». Me decía qué milagro es esta vida que, después de haber germinado nueve meses en el interior de otra vida, venía al mundo. Y estaba ese grito que el recién nacido había dado en el momento en que la comadrona lo cogía en sus brazos. ¿Era un grito de dolor o, ya, la expresión de la negativa a nacer para morir? Poco a poco, ese pequeño ser se iba convirtiendo en una parte de mí. Había dejado la carne de su madre para entrar en la mía. En todo caso, así es como yo lo vivía. Y si ocurría que unas lágrimas perlaban en los ojos de mi Yehád, durante el tiempo que me dedicaba a consolarlo, me olvidaba de Aristóteles y Galeno, Avicena, Platón, Dioscórides, al-Rází y de todos los faros de la humanidad.

—¿Qué esperas para ofrecernos otro hijo?

Mi padre había venido a unirse a mí en el patio donde me había aislado unos instantes lejos de los ruidos de la fiesta.

—Esto es algo que de mí no depende. El hombre siembra, pero es la tierra la que decide.

—Con veintiún años, Sarah está en la flor de la juventud. ¿No estaría enferma?

—En absoluto. Pero no tenemos autoridad sobre la naturaleza. Con el tiempo vendrá si tiene que venir.

—¡Aláh te oiga!

Mi padre cogió un *ka'k*[30] relleno con miel y prosiguió:

—No es bueno que un hijo sea único. Ocupa todos los pensamientos de los padres que, tarde o temprano, hacen de él un emir. Y, sobre todo, Dios no lo quiera, si les es arrebatado, el sufrimiento es inconsolable.

La observación me exasperó.

—Abí,[31] ¡limpie, se lo ruego, estas palabras de su boca! ¡No se habla de la posibilidad de la muerte de un niño, y menos aún de la de su nieto!

—Tienes razón. Perdóname. La edad me hace desvariar. Cambiemos de tema. Hace algún tiempo me comentaste un proyecto de redacción de una obra que iba a tratar de la jurisprudencia. ¿Qué tal va?

—En ello estoy. Tomo notas. Pero por ahora sólo estoy satisfecho con el título: *El principio para el que hace el esfuerzo de un juicio personal y el final para el que se contenta con un saber recibido.*[32]

Mi padre se puso a reír.

—Un título elocuente por su longitud. ¿Qué más?

—Pienso en un trabajo de jurisprudencia comparada. En él hablaré de las reglas propuestas por las cuatro escuelas sunitas, las fuentes, las razones contiguas y las diferentes opiniones sobre cada punto en litigio.

—¿Piensas cuestionar la sharía?

—En absoluto. Sólo quiero proponer una manera de interpretarla.

—¿Interpretar? No entiendo.

Reflexioné un instante. Mi padre era un jurista. Convenía pues que me dirigiera a él como tal.

---

30 O rosquilla. Pastel a veces seco, otras veces relleno, en forma de aro.

31 Padre.

32 *Bidáiat al-muytahid ua niháiat al-muqtasid.* La traducción del título es compleja. Puede significar también: «Los principios de aquel que se esfuerza y el fin de aquel que ahorra energías».

—Supongo que usted ha debido estar en desacuerdo alguna vez a un artículo de ley cuyo sentido le parecía discutible.

—Más de una vez. Y grande fue mi malestar.

—Precisamente. Para evitar esta situación es por lo que propongo dejar sitio al razonamiento y, por tanto, no limitarse a aplicar la ley al pie de la letra.

—Lo cual daría a entender...

—Que para las cuestiones sobre las cuales no existe acuerdo, no habría que aportar ninguna respuesta que no sea una estrictamente argumentada. De ahí el sentido de mi título: *El principio para aquel que hace el esfuerzo...*

—Un trabajo sin fin, hijo. ¡Tienes trabajo para mil años!

Iba a replicar cuando unas voces atrajeron mi atención.

Tres individuos acababan de hacer irrupción en el patio. Por la manera con la que sus turbantes estaban anudados, vi inmediatamente que pertenecían a la *hisba*, la policía. Uno de los hombres se dirigió a mí inclinándose respetuosamente.

—Abú al-Ualíd Mohammad ibn Ahmad, Ibn Roshd. La paz sea contigo.

Le devolví su saludo.

—Nos envía el cadí *al-yama'a*. Le rogamos que tenga a bien seguirnos. Nos espera en su casa.

Mi padre se alarmó.

—¿El cadí *al-yama'a*? ¿Por qué motivo?

Su inquietud era comprensible. El cadí *al-yama'a*, o cadí de la comunidad, era una especie de juez supremo encargado de intervenir dentro del marco judicial en todos los asuntos relativos al derecho penal, y más generalmente, el orden público y la seguridad del Estado.

El funcionario se contentó con una respuesta tímida:

—No conozco el motivo, señor.

Sarah había aparecido también, seguida de los demás miembros de la familia. Mis hermanos se interpusieron entre los dos hombres y yo.

—Se lo ruego, no armen alborotos —gimió el hombre—. No hacemos más que obedecer al requerimiento del cadí.

Pregunté, aunque conocía de antemano la respuesta:

—¿Se trata de Ibn Saíd?

—Sí. Es él.

Asentí con la cabeza.

Había oído hablar del personaje. Tenía fama de ser un ash'arita convencido, pero también era justo e incorruptible.

—Muy bien. Les sigo.

—¡No! —gritó Sarah abrazándose a mí—. ¡No vayas!

La voz de mi padre y de mis hermanos le hicieron eco.

—¡El cadí es quien tiene que venir! —gritó mi suegro—. ¡Un Ibn Roshd no se rinde a una citación como un delincuente!

Levanté una mano en señal de apaciguamiento.

—Enseño jurisprudencia. Conozco las leyes. Si yo no las acato, ¿entonces quién lo hará?

***

En una gran pieza inundada de luz, Ibn Saíd me esperaba, sentado sobre unos cojines, las piernas dobladas debajo de él. Su cara apergaminada reflejaba bien su edad: la sesentena. En cambio, por su físico enclenque, descarnado, supuse inmediatamente que sufría de consunción. Cuando tosió al levantarse para recibirme y vi unas perlas de sangre en las comisuras de sus labios, pensé enseguida en el diagnóstico que Avicena hubiera pronunciado: la peste blanca.[33]

A su derecha estaban sus asesores; dos hombres relativamente jóvenes, pero con cierta amargura en la cara como la que tienen algunos ancianos. Un *kátib*, secretario judicial, estaba instalado detrás de un pupitre, con un cálamo en la mano.

---

33 O tuberculosis pulmonar. Avicena dedicó un capítulo entero de su Canon de la medicina a esta enfermedad, y fue el primero en formular la hipótesis de su contagiosidad.

Después de los saludos de rigor, Ibn Saíd cogió un manuscrito que estaba cerca de él y lo blandió en alto.

Sobre la primera página, podía leerse: *Tratado de los tres impostores.*

Y bajo el título, mi nombre.

Estaba al borde de la náusea.

XVI

Hace algún tiempo había corrido por Córdoba un rumor sin que yo pudiera detectar su origen. Ese manuscrito, del que me acusaban de ser el autor, merecía por lo menos el calificativo de «demente». Solo el enunciado del segundo capítulo implicaba una sentencia de muerte: «De los motivos que llevaron a los hombres a imaginarse un ser invisible que se nombra comúnmente Dios». En ese capítulo se podía leer, entre otros propósitos blasfematorios, que la religión judía era una ley de niños, el cristianismo una ley absurda, el islam una ley de cerdos y que Mohammad (el saludo sea sobre él) era un impostor más grande que Jesús y Moisés.

—¿Debo disculparme?

—Me lo temo, Ibn Roshd.

—No soy el autor de este libro.

—Todo el mundo afirma lo contrario.

—Todo el mundo significa nadie.

El cadí ordenó a uno de los asesores:

—La carta.

Le llevaron una hoja.

—Esto es lo que me ha escrito el imam de Granada: «Llamo la atención de su señoría sobre los propósitos perniciosos que difunde entre los estudiantes un infiel llamado Abú al-Ualíd Mohammad ibn Ahmad, Ibn Roshd.

Este individuo, no sólo profesa doctrinas contrarias a la fe, sino que apoya la idea de que la verdad religiosa y la verdad filosófica están unidas por un enlace de paridad y no difieren en nada, cuando sabemos que la filosofía es una herencia pagana y por tanto politeísta. El mismo Ibn Roshd predica que la metodología de los teólogos no es suficiente para elucidar la ley divina. Podíamos haber seguido ignorando a Ibn Roshd como lo hacemos con las personas de espíritu débil. Pero…».

Ibn Saíd se interrumpió. Sorprendido por un ataque de tos, sacó apresuradamente un pañuelo del bolsillo de su túnica, expectoró y se limpió los labios sonrosados por la sangre.

—«Pero —retomó jadeando— el libro blasfematorio que tuvo la audacia de escribir y que tituló *Tratado de los tres impostores* no nos permite más guardar silencio. Por ello, solicito de su señoría que intervenga con la severidad que se impone hacia este idólatra con el fin de que sea reducido definitivamente al silencio. Tal como es mencionado en la Revelación: *A los que molestan a Alá y a Su Enviado, Alá les ha maldecido en la vida de acá y en la otra y les ha preparado un castigo humillante*».

Devolvió la carta a su asesor y me miró fijamente:

—Me imagino que comprendes la gravedad de la acusación.

¿Qué replicar?

Hay momentos en la vida de un hombre en que la calumnia lo agobia tanto que el cerebro se paraliza y ya no puede pensar. Está escrito que *Aláh no pide nada a nadie más allá de sus posibilidades*. Aláh debió de haber sobreestimado la capacidad de resistencia de mi alma. En el transcurso de estos últimos cinco años, al mismo tiempo que practicaba la medicina, enseñaba en madrasas, o en la universidad de Córdoba, y, cuando los alumnos me preguntaban, no vacilaba en defender abiertamente ciertas cosas. Sin duda había sido imprudente y había olvidado las recomendaciones de Abu-bácer: «Ten cuidado, Ibn Roshd. Vivimos unos tiempos difíciles en que mucha gente está convencida de que la filosofía lleva al ateísmo y el ateísmo es la negación del Creador».

Contesté con voz baja:

—Oh, juez, ¿podrías imaginar que yo, hijo de Abú al-Qásim y nieto del piadoso Abú al-Ualíd, hubiera podido escribir semejantes obscenidades? Hubiera sido necesario que mi juicio me hubiese abandonado. Soy un pensador, no un blasfemo. Un hombre de ciencia, no un mercader de utopías. Soy un creyente, no un infiel.

Y pronuncié con fuerza la *shaháda*, la profesión de fe:

—*Testifico que no hay más verdadera divinidad que Aláh y que Mohammad es Su Mensajero.*

Los dos asesores levantaron sus ojos al cielo para tomarlo por testigo. Si fueran cristianos, se habrían santiguado o, al igual que el gran sacerdote frente a Ísá,[34] hubieran desgarrado su ropa voceando: «¿Acaso necesitamos aún de testigos? ¡Acabáis de oír al blasfemo!».

Ibn Saíd se quedó un momento pensativo antes de recuperar el manuscrito.

Leyó:

—«Se consulta la Biblia, como si Dios y la naturaleza se explicaran en ella de una manera particular; aunque este libro no sea más que un tejido de fragmentos cosidos juntos en tiempos diversos, recogidos por diversas personas que decidieron, según su fantasía, sobre lo que debía ser aprobado o rechazado según les pareció conforme o no a la ley de Moisés, como la malicia y la estupidez de los hombres. ¡Se pasan la vida fastidiándose y persistiendo en respetar un libro donde no hay más orden que en el Corán!».

Uno de los asesores se tapó la cara con las dos manos mascullando:

----

34 Jesús.

—*Oh Profeta, lucha contra los infieles, y ¡duro con ellos! ¡El Infierno será su refugio!*

Su colega se levantó y me miró con desprecio.

—Te oí hace semanas mientras hablabas con unos jóvenes en el Patio de los Naranjos. Les estabas hablando de la filosofía de Aristóteles, ¿cierto?

—Es posible.

—No lo niegas.

—¿Por qué negar? La herencia helénica es…

—Has declarado: «Aláh no es para nada responsable de los trastornos que provoca la naturaleza. Tales trastornos no se deben más que al azar y no son, de ninguna manera, obra de un ser todopoderoso que gobierne y ordene».

Confirmé:

—Es exacto. El pensamiento supremo que domina el universo no es gestor de nuestros destinos. Afirmarlo no me convierte en pagano.

—¡Claro que sí! Eres un infiel… tú…

El juez lo interrumpió secamente y apuntó hacia él con un amenazante dedo índice:

—¡Ten cuidado! Cualquiera que trate a un hombre de infiel no siendo ello cierto, su palabra se volverá contra él. Cualquiera que acuse a un creyente de apostasía, ¡es como si lo matara!

El asesor agachó la cabeza, contrito.

—Perdóneme.

Prosiguió:

—No hay un pensador en Córdoba, ni un teólogo que no esté al tanto de las tesis que defiendes. Sin embargo, como si fuera casualidad, son las mismas que se encuentran en las páginas de este libro maldito por Aláh.[35]

---

35 Conocido en Europa desde el siglo XIII, el Tratado de los tres impostores fue atribuido a diversas personas sospechosas de ateísmo o acusadas de blasfemo o de herejía. Entre los nombres propuestos figuran el de Averroes y el del emperador Federico II.

Su colega acudió en su ayuda:

—¡Dios no tiene que rendir cuentas a nadie y no debe someterse a ninguna ley!

Dio un paso hacia mí y me gritó con un tono rabioso:

—¡Eres el secretario del diablo!

Suspiré.

¿Cómo describir a unos ciegos los matices del azul y los colores del mundo? ¿Cómo explicar que al Altísimo no Le concierne la lluvia que cae ni la sequía ni el vigor o la suavidad del viento? ¿Cómo defender al Todopoderoso frente a gentes que lo hacen responsable de sus enfermedades, de sus lutos, de la muerte de sus recién nacidos? Solo me quedaba la jurisprudencia.

Me dirigí al juez:

—Conoces la ley. Es límpida: el hecho de perjudicar a los musulmanes y atacarse a su honor acusándolos erróneamente sin pruebas es un pecado capital. Está escrito que *los que molestan a los creyentes y a las creyentes, sin haberlo éstos merecido, son culpables de infamia y de pecado manifiesto.*

El cadí contuvo un nuevo ataque de tos, cerró los ojos y se encerró en un largo silencio antes de interpelar a sus asesores:

—El acusado tiene razón. Aquel que insinúe una palabra es peor que el que dice esa palabra, excepto si tiene una prueba y que esta prueba sea más clara que el sol en pleno día. No habéis aportado ninguna prueba. ¡Asunto resuelto! ¡Váyanse ahora! Y tú, Ibn Roshd. Ve en paz. Eres libre.

Esperé a que los tres hombres salieran de la pieza para expresar mi gratitud a Ibn Saíd.

—Se agradece un favor —dijo—. En tu caso el veredicto se imponía.

Me acerqué.

—Hace un momento, te vi expectorar en un pañuelo. ¿Puedes enseñármelo?

Lo hizo.

La tela estaba ensuciada por un escupitajo de color verduzco y moteado de sangre.

Rogué a Ibn Saíd que abriera la boca. La garganta estaba seca y el fondo rojo.

—Sudores nocturnos?

Asintió.

—¿Te duele la espalda?

—Todo el rato.

—¿Dolor de cabeza?

—Sí. Y me siento agotado. Y ya no tengo gusto por los alimentos.

Ayudé al cadí a sentarse. Mi primera impresión estaba confirmada: se trataba de la peste blanca.

—Beberás dos veces al día un gran vaso de leche con dos onzas de almendras dulces. Calmará las irritaciones y te devolverá fuerzas. ¿Tienes esposa?

—¡Aláh me preserve de ellas! Las mujeres son una calamidad.

—¿Una esclava?

—Sí. Me cuesta menos.

Dio un par de palmadas gritando:

—¡Ferhán!

Para mi sorpresa, vi llegar una magnífica criatura. Una africana de unos veinte años, de la que se adivinaban bajo el vestido curvas de una gran pureza.

—¡Escucha! —le ordenó el cadí.

Mal que bien, ante esta juventud reducida a la esclavitud, le expliqué:

—Le prepararás todos los días pechuga de pollo de la que habrás quitado la piel y la grasa. Le añadirás seis dracmas de adormidera blanca y lo machacarás todo en un almirez hasta formar una pasta que calentarás a fuego lento. Después podrás aromatizarla con flor de azahar. Tu amo debe comer de esa pasta al mediodía y por la noche. Para la bebida, debe beber mucha agua, agua azucarada. Muy azucarada, puesto que es en el tratamiento de las enfermedades del pecho donde el azúcar es lo más reconocido.

Cuando Ferhán se fue, Ibn Saíd se enderezó a duras penas.

—¿Cuánto te debo?

—Nada. No me has hecho venir para que te cure, sino para juzgarme.

—Así es.

Llevé mi mano a mi pecho, mi boca y mi frente, dispuesto a retirarme. Exclamó:

—¡Espera!

—He oído decir que, aparte de la jurisprudencia y la filosofía, eres apasionado de astronomía. ¿Me equivoco?

Fruncí el ceño, sorprendido. Poca gente estaba al tanto de mi interés por el estudio de los astros.

—Es exacto. ¿Cómo te has enterado?

—Ocurre que tenemos un amigo común: Abubácer. Me habló mucho de ti antes de marcharse a Ceuta. Le habrías confiado alguna vez que tenías la intención de redactar un tratado sobre el asunto. Si lo deseas, te puedo introducir en la corte del califa.

—¿Al-Mu'min?

—Perfectamente. Está buscando un sabio que estuviera dispuesto a redactar un compendio del *Almagesto* de Ptolomeo.

Estaba estupefacto. Era precisamente un tema que había abordado con Abubácer.

Ibn Saíd precisó:

—El califa te remunerará. Generosamente.

—Supongo que tendré que ir a Marrakech.

—No. Actualmente, al-Mu'min está en un campo aislado, el Ribát Al Fath, el campo de victoria, en el Magreb.

Sentí como un escalofrío recorría mi cuerpo.

Conocía la fama de al-Mu'min. No sólo era el sucesor de Ibn Túmart, el ser más rigorista que hubiera existido, y su hijo espiritual, sino que había arrasado ciudades enteras, transformado Tlemcén en desierto y masacrado todos sus habitantes. También había decapitado el cadáver de Ibn Tashfín, el emir almorávide, y embalsamado su cadáver antes de enviarlo como trofeo a Tinmel.[36] Al igual que Ibn Túmart, expresaba la misma aversión hacia la interpretación personal y solo se refería a la tradición. ¿Qué tipo de diálogo podía tener con un personaje así?

Después de un momento, dije:

—Necesito reflexionar.

—Comprendo, Ibn Roshd. Eres sabio.

***

Mi padre gritó:

—Pero, por Aláh, ¿me puedes explicar lo que es este *Almagesto*?

—Una obra esencial, padre, colosal. Representa toda la suma de la antigua astronomía. Al lado de los informes relativos al catálogo de las estrellas y los movimientos de los astros, contiene un tratado completo de trigonometría plana y esférica y la descripción de los instrumentos necesarios para un gran observatorio. Esta obra le es indispensable a cualquiera que quiera ser astrónomo y...

—¡No comprendo nada! No sé lo que es la trigonometría plana o esférica y me niego a comprenderlo. ¿Quieres ir al encuentro de al-Mu'min por un simple libro?

—Padre, ¡no es un simple libro! Estamos ante un monumento. Un trabajo incomparable.

—Entonces, si es incomparable, ¿qué esperas aportarle que ya no tenga?

—Nada.

—¿Nada?

---

36 Ciudad de origen de los almohades y punto de salida de sus campañas militares contra la dinastía almorávide.

—El problema del *Almagesto* es su tamaño. ¡Trece volúmenes! Miles de páginas; lo que lo vuelve inaccesible a la mayoría de los estudiantes. Por eso deseo preparar un compendio. Resumir los trece volúmenes en uno solo.

Mi padre levantó los ojos al cielo, desilusionado.

—¿Para qué nos sirve la astronomía? ¿Por qué intentar conocer los astros, cuando no sabemos nada de la tierra?

—Aunque sea solo para rezar y ayunar.

Mi mujer, que hasta entonces había guardado silencio, intervino:

—¿De qué estás hablando?

—La observación de los astros permite conocer la hora de las oraciones, la de la salida del sol, que marca la prohibición de beber o comer para quien ayune en el momento en que termina la aurora, lo mismo para la hora de la puesta del sol. Es una ciencia extraordinaria que nos enseña el eclipse de las luminarias y cuándo tiene lugar; por qué la luna parece ser primero un arco, luego crece progresivamente y se vuelve redonda y llena, antes de volver a decrecer; cuándo debe aparecer y cuándo no; por qué algunos días son cortos y otros largos; por qué…

—No tienes derecho —me cortó Sarah—. No puedes abandonarnos. ¡No puedes!

Corrió hacia la cama en la que dormitaba nuestro hijo.

—¡Mira! ¿Acaso no es tu hijo? ¿No lo deseaste más que todo en el mundo? No es fruto del azar. Tantas veces me explicaste que nada de lo que le ocurre al hombre es fortuito. Entonces, este niño, tienes la obligación de protegerlo, eres su escudo. Si no vuelves, ¿qué será de nosotros?

—No temas, Sarah. Volveré.

—¿Cómo puedes estar seguro? ¡Sabemos todos quién es el califa al-Mu'min!

—Tu esposa tiene razón, aprobó mi padre. Al-Mu'min es un ser complejo, tan piadoso como implacable y cruel. Ha constituido una administración en la que se alían las reglas intangibles de la ley musulmana y las tradiciones de su entorno beréber. ¿Y tú? Tú que te empeñas en defender el legado de los paganos, ¿quieres que te preste una benevolente atención?

—Padre, ¿no fue usted quien me dijo un día: «según ciertos rumores, el nuevo califa, al-Mu'min, y contrariamente a lo que se podría imaginar, tendría la intención de conceder su protección a la filosofía y a los filósofos?».

—Dejé claro que se trataba de rumores; los mismos que te acusan de haber escrito ese texto blasfematorio. Por otra parte, la ruta es larga hasta el Magreb.

—Padre, la propuesta de Ibn Saíd me seduce infinitamente. Además, seré remunerado, lo cual no es desdeñable. También hay un detalle del cual no hemos hablado...

—Te escucho.

—Usted está al tanto de las críticas que, desde hace algún tiempo, se elevan contra mí. Un día me tratan de ser impío, otro de ser secretario del diablo, mañana quién sabe si no me condenarán a la horca o al exilio. Necesito encontrar protección ante las autoridades almohades; ¿qué mejor protector que el califa en persona?

Mi padre se quedó mudo un instante, luego dio un paso en adelante y puso sus manos sobre mis hombros.

—Tienes treinta y un años. Eres un hombre hecho y derecho. Y yo no soy más que un anciano. No tengo ni autoridad ni fuerza para oponerme a tus deseos. Ve, si tal es tu deseo, Pero acuérdate de esto: «Si algo te pasa, moriremos todos contigo».

XVII

Hacía poco más de tres semanas que había salido de Córdoba.

Al llegar a Tarifa, vendí mi montura y crucé el estrecho a bordo de una embarcación que estaba en tan penoso estado que no me atrevería a llamarla barco. Era la primera vez que veía el mar. En vísperas de conquistar Egipto, el califa Omar ibn al-Jattáb había escrito a su general jefe para preguntarle lo que era el mar. Este le había contestado con pocas palabras: *El mar, es azul, inmenso y muy peligroso*; a consecuencia de lo cual, el califa se apresuró a prohibir a los musulmanes aventurarse en el mar. No sabría decir con certeza si estamos o no confrontados a una de esas anécdotas que a la historia le gusta propagar, pero durante la travesía, estuve tan enfermo que hice mía aquella descripción del general. Veía el mar como una especie de abismo capaz de engullir todo el universo. No creo haberme visto vaciado tanto en toda mi existencia. Incluso las hojas de galanga que había tomado la precaución de llevar conmigo se revelaron incapaces de aliviarme.

Al ver Tánger, como por arte de magia, mi mal desapareció ante la gran belleza de la bahía. Era como una perla colocada al borde de las aguas.

Una vez en tierra, tuve la impresión de bascular en otro mundo. Aquí, los moros llenaban sus odres sumergiéndolas en un pozo por medio de una cuerda hecha con pelo de camello. Ahí, unos africanos, descamisados, masticaban dátiles. Algunos guerreros almohades, con caftanes sobre los hombros, afilaban sus sables sobre la cresta de un peñasco. Una decena de caballos estaban dispuestos en línea, con las riendas atadas a unas estacas. Sobre los bancos, a la sombra de las palmeras, algunos navegadores discutían, mitad acurrucados, mitad sentados, con los ojos más cerrados que abiertos y jugueteando con sus rosarios.

Quise comprar un caballo, pero no me dejaron. Me explicaron que nadie estaba autorizado a tratar por separado con los caravaneros. Estos debían, previamente, desembalar todas las mercancías en un mismo lugar, el *funduk*, el caravasar, para que estuviera expuesta en su totalidad, a la vista de todos. Luego, los lotes se subastarían delante de la asamblea de los mercaderes. Se evitaba, de este modo, que un negociante tuviera prioridad sobre otro. No tuve, pues, otra elección que ir andando hasta el *funduk*, a casi media milla del puerto.

Al atardecer, la construcción en ladrillos de tierra cocida, flanqueada por cuatro torrecillas, me dio la impresión de un grueso fortín. En la planta baja, bajo sus galerías, estaban ordenados los depósitos y los alojamientos. El lugar olía a boñiga y sudor. Poco importaba. Me acerqué al responsable del lugar, negocié por una estera, compré pan, algunos higos y, vencido por el cansancio, me acosté en una especie de cavidad en el mismo suelo.

Al día siguiente, monté a caballo (el mismo que el chalán me había vendido como un caballo berberisco cuando era un rocín) y retomé mi viaje hasta Ribát al-Fath.

Por fin, en la noche del séptimo día, y después de haber atravesado un grupo de casas en construcción, vi unas murallas, imponentes murallas que arrojaban llamas rojizas sobre el paisaje. No podía ser sino Ribát al-Fath. Erigida sobre un promontorio, la fortaleza dominaba a la vez la desembocadura del río y el océano. ¿Qué secretos ocultaba? Estaba desconcertado, no a causa del tamaño del Ribát, sino por el símbolo que representaba: desde aquí mismo, desde este punto de la tierra, las armadas almohades se habían lanzado a la conquista de al-Ándalus. Por su posición geográfica, el lugar era altamente estratégico. Controlaba el mar y las rutas interiores hacia Fez, Meknes y los llanos de Tamesna.

Apenas había cruzado la puerta principal cuando un hombre armado me interceptó.

Le enseñé el salvoconducto que me había entregado Ibn Saíd, firmado por el califa mismo. Me saludó con respeto y dio órdenes a uno de los soldados en servicio para que me llevara al palacio.

Pensaba que no descubriría otra cosa que una plaza fuerte, pero, a medida que avanzaba, iba constatando que me encontraba en una verdadera ciudad, dotada de un acueducto, una mezquita y otros edificios, en especial edificios para las tropas, los caballos y la intendencia, así como un estanque monumental.

—Hemos llegado, señor —me dijo mi guía.

Indicó una construcción rectangular, con ladrillos recubiertos con cal lisa y estucados de color ocre y amarillo. El palacio de al-Mu'min. El tejado tenía forma de domo, guarnecido de pequeñas arcadas entrelazadas que rodeaban una estrella de siete puntas. Toda la fachada estaba adornada con arcos iguales que los que se encuentran en las grandes casas de Córdoba. Numerosos guerreros montaban la guardia en la entrada. Mi guía me pidió que enseñara mi salvoconducto. Se intercambiaron algunas palabras con uno de los soldados, el cual me invitó a bajar del caballo y seguirlo.

Observé que, a diferencia de al-Ándalus, no había ni jardines ni fontanas. La escasez del agua, sin duda.

Tras haber subido unos escalones de piedra, vuelto a subir un pasillo iluminado en parte por linternas, entramos en una especie de antesala de muros desnudos y ventanas guarnecidas con celosías. Un hombre estaba sentado detrás de un escritorio. Apenas si levantó los ojos. El soldado declinó mi identidad. El hombre frunció las cejas, luego me miró fijamente con un aire sospechoso, juzgando sin duda que mi aspecto no correspondía al gran personaje que se le había anunciado. Debo reconocer que tenía la cara y la ropa cubiertos de polvo.

—¿Es verdad que eres Abú al-Ualíd Mohammad ibn Ahmad, Ibn Roshd?

Se lo confirmé.

Empujó la silla y vino hacia mí. En ese momento fue cuando vi la daga que pendía de su cinturón.

—La paz sea sobre ti, señor.

—Y sobre ti sea la paz.

Indicó un diván cubierto de cojines de brocado.

—Toma asiento, te lo ruego. Voy a informar al califa de tu llegada.

Despidió al soldado y desapareció.

Sentí que mi corazón se desbocaba. Sin duda estaba tomando conciencia de mi inconsciencia. Me encontraba a cientos de millas de mi familia, en el antro del hombre del cual decían que su crueldad no la igualaba más que su intolerancia religiosa, el sucesor de quien se consideraba el único intérprete infalible del Corán: Ibn Túmart, llamado «el Impecable». ¿Y por qué? ¡Para intentar resumir una obra redactada por un astrónomo griego, nacido hace mil años! Es una gran locura la de imponerse desafíos a los cuales nadie lo obliga a uno.

—El califa te espera.

El hombre me llevó hasta el umbral de una vasta sala ricamente decorada. Allí me esperaba el primer califa de la dinastía almohade. Actitud sorprendente, mientras que el guardia se retiraba discretamente a un rincón, al-Mu'min avanzó hacia mí.

Me impactó inmediatamente la sencillez de su ropa.

Llevaba un vestido de lana, abierto por delante, cuyas mangas le llegaban hasta la muñeca. Su cráneo estaba cubierto por un gorro y sus pies estaban calzados por unos botines. La piel de su rostro estaba bronceada por el sol; una barba negra azabache, perfectamente dibujada, devoraba sus mejillas hasta los pómulos. En realidad, toda su personalidad se leía en su mirada. En ella se veía la determinación de un ser que, en sesenta años de vida, había sabido superar los más arduos obstáculos.

—Alabado sea Dios que te ha traído a nosotros sano y salvo. ¿Has hecho un buen viaje?

—La ruta fue larga, señor.

—Lo sé. La he recorrido varias veces. Y cuando hay que arrastrar miles de hombres, el camino parece interminable. Ibn Saíd te tiene en alta estima. ¿Es uno de tus amigos?

—No, señor. Nos encontramos sólo dos veces.

—Entonces el peso de sus elogios es doble.

Al-Mu'min deslizó la palma de su mano sobre su mentón y prosiguió:

—Debes estar agotado. Te propongo, pues, que te refresques. Encontrarás ropa a tu disposición en tu cuarto. Cenaremos después de la oración.

Dio una palmada y el hombre que, hasta entonces, no se había inmutado, se precipitó hacia nosotros.

—Lleva a nuestro invitado a su cuarto. Y asegúrate de responder a todos sus deseos. ¡Venga!

Se volvió hacia mí, me miró fijamente con una sonrisa enigmática:

—Estoy convencido de que tenemos muchas cosas que decirnos.

Sin esperar mi respuesta, dio media vuelta y se fue.

***

Cuando volvimos a encontrarnos, anochecía. A lo largo de una comida, que me sorprendió por su frugalidad, hablamos de numerosos asuntos, pero de forma bastante superficial. En aquel inmenso comedor lleno de claroscuro, la atmósfera tenía algo indefinible. Yo pesaba todas mis palabras; él me ponía a prueba, no sin cierta sutileza. Nos parecíamos un poco a dos jugadores de ajedrez que se tantearan, y de los cuales ninguno quisiera mover la pieza que pusiera al otro en apuros.

Al final de la cena, al-Mu'min propuso:

—¿Te gustaría visitar el lugar del palacio donde me gusta revitalizarme?

—Sería un honor para mí, señor.

Después de haber pasado por un dédalo de pasillos, me introdujo en una habitación cuya decoración se reducía a dos asientos y unas estanterías cubiertas de libros. Inmediatamente, me llamó la atención una obra firmada por un viejo conocido, el geógrafo al-Idrísí. Lo había encontrado por primera vez en casa de Abenzoar. Hacía de ello dieciséis o diecisiete años. Al-Idrísí era originario del Magreb y vivía entonces en Córdoba. Muy pronto me impresionó por sus conocimientos geográficos y botánicos. Poco después, hacia el año 1140 de los latinos, se despidió de nosotros. Se iba a Sicilia invitado por un rey.[37] El monarca le había propuesto alojarlo, responder a todas sus necesidades a cambio de la realización de un planisferio y un mapa del mundo. Un proyecto al que al-Idrísí estaba muy apegado desde hacía mucho tiempo. Habiéndolo interrogado sobre la manera con la cual pensaba hacerlo, al-Idrísí me contestó: «En un primer tiempo, pienso apoyarme sobre los mapas que nos han legado nuestros marineros árabes, luego, consultaré los archivos del palacio real de Palermo. Me han asegurado que podría consultar

---

37 Roger II de Sicilia.

los testimonios de los viajeros y misioneros enviados a todas partes por el rey».

Desde entonces, me enteré que al-Idrísí había logrado realizar su proyecto. Incluso tuve entre las manos un ejemplar de la *Tabula Rogeriana* que había tardado quince años en elaborar. En ella se encuentran más de sesenta mapas que representan nuestro mundo, acompañados por comentarios sobre la naturaleza, la arquitectura, los comercios y las costumbres de cada región. Una obra monumental.[38]

Tendí la mano hacia la estantería:

—¿Puedo?

—Claro.

Hojeé la obra. Trataba de las plantas.

—¿Conoces al autor? —preguntó al-Mu'min.

—Sí. Pero nuestro encuentro se remonta a más de veinte años. Yo era entonces un crío y él un hombre en plena madurez. Creo que vive todavía en Palermo.

El califa se sentó y me invitó a hacer lo mismo.

—Debo confiarte un secreto: conocía tu nombre mucho antes de que Ibn Saíd te recomendara.

Rectificó:

—Digamos más bien el nombre de tu familia. Tenías un abuelo ilustre y tu padre no lo es menos. ¿Qué tal está?

—Gracias a Dios, está bien.

Al-Mu'min pasó de nuevo la palma de la mano sobre su barbilla (iba a comprender yo luego que era una especie de gesto inconsciente), luego preguntó con un tono de lo más anodino:

—Pertenecen al rito malekí, ¿cierto?

Le contesté con un tono no menos anodino:

—Exacto.

Y, muy rápido, pronuncié la *shaháda*:

---

38 Parece ser que existe una decena de ejemplares en el mundo; dos de ellas se encuentran en la Biblioteca Nacional de Francia.

—*Atestiguo que no hay otra divinidad que Dios y que Mohammad es Su mensajero.*

El califa sonrió.

—No temas, Ibn Roshd. No estamos aquí para debatir sobre las cualidades o los defectos de nuestros respectivos ritos. Eres un hijo del islam, y yo lo soy. Crees en un solo Dios, yo también. Esto es lo esencial. Debes saber que no he elegido mi destino; no lo elegimos.

Evité contradecirlo.

Añadió:

—Por otra parte, ¿cómo hubiera podido forjarme tal reputación? Soy descendiente de una modesta familia, de un modesto pueblo. Si mi ruta no se hubiera cruzado con la de mi maestro, Ibn Túmart (descanse en paz), y si él no me hubiera elegido, sería hoy lo que fui al nacer: un beréber entre los beréberes. Llevo veinte años combatiendo. Soy dueño del Magreb almoróvide, he conquistado al-Ándalus, Córdoba, Granada, Sevilla, mañana mis tropas invadirán Ifriquía.[39] Si Dios así lo quiere, dentro de diez años, habré constituido un imperio.

Hizo una pausa y me preguntó:

—¿Y después?

—¿Después, señor?

—Sí. Al final de la ruta, ¿qué riquezas habrá acumulado mi espíritu? ¿La multitud de cadáveres pisados bajo el galope de mi caballo? ¿Las casas incendiadas, los cristianos y los judíos humillados?

—¿No es, acaso, el destino que evocaba?

—Sí; no niego nada. Ni una sola gota de sangre, puesto que fue en nombre de Aláh. La pregunta que me hago no es para quién lo hice, sino *¿por qué?* ¿Cuál es la meta oculta?

Se enderezó y perforó mi mirada con la suya:

—¿Sabes por qué te he hecho venir?

---

39 Parte oriental del Magreb medieval que corresponde al actual Túnez.

—Creí comprender que es para redactar un compendio del *Almagesto*.

Al-Mu'min barrió el aire con la mano.

—¡Poco importa el *Almagesto*! Redactarás o no ese compendio. Tienes fama de ser un gran filósofo. Me he informado. Es la razón primera por la que estás aquí, Ibn Roshd. Estás aquí para contestar a una pregunta que me obsesiona: ¿por qué?

Me costó trabajo tomar consciencia de que el hombre que se dirigía a mí amablemente era el mismo de quien Ibn Túmart había afirmado: *La misión sobre la cual se basa la vida de la religión solo triunfará gracias a al-Mu'min, ¡Antorcha de los almohades!*

—No le haré la afrenta de contestarle como lo hubiera hecho el poeta Omar Jayám: *Nosotros, piezas mudas del juego que Él despliega/ sobre el tablero abierto de noche y de día,/ aquí y allá las mueve, las une, las despega,/ y una a una en la Caja, al final, las relega.*

No. Le diré únicamente esto: la pregunta que se hace tiene la edad de las estrellas, es vieja como el universo. El primer hombre ya se la hizo, el último se la hará. No tengo la respuesta. Lo siento si lo decepciono: no lo sabremos nunca.

El califa meditó un momento antes de sugerir:

—Perfecto. ¿Pero después de nuestra muerte? ¿Cuando nos encontremos con el Altísimo? Ya que está escrito que resucitaremos, ¿no es así?

¿Me atrevería a decirle que las enseñanzas difundidas sobre la vida futura son peligrosas ficciones, ya que intentan que no se considere la virtud más que como un medio para alcanzar la felicidad?

Elegí.

—Sí, después de nuestra muerte. Una vez resucitado, lo sabrá.

XVIII

Setenta y ocho años después de la muerte de Averroes
Londres, Lambeth Palace,
18 de marzo de 1276 de la era de los latinos

Robert Kilwardby, arzobispo de Cantorbery, volvió a leer por tercera vez la condena promulgada días antes por Étienne Tempier, luego confió el documento a su secretario, Francis Bayle.

Suspiró, se quitó los quevedos y se arrancó a duras penas de su asiento. Su peso lo invalidaba cada día un poco más. Cuando estuvo de pie, ajustó su correa de seda violeta y quitó un hilo invisible de la esclavina que le cubría los hombros y los brazos.

—¡Amigo! —lanzó a Bayle tras haber dado otro gran suspiro—. La edad es un castigo cruel. Uno se consuela diciendo que es sufrido por toda la raza humana, sin distinción. Voy a tener sesenta y seis años y no he visto pasar la vida. Un abrir y cerrar de ojos.

Se dirigió hacia una de las ventanas que daban sobre el Támesis y miró fijamente el río.

Sin embargo, cuando se lo pensaba, su trayectoria había sido rica y densa. Después de una carrera clásica en Inglaterra, se había sumergido en el estudio de la lógica y la filosofía natural que, a diferencia de la filosofía moral, se dedicaba al estudio «objetivo» de la naturaleza y del universo físico. Con treinta y cinco años de edad, se unió a los dominicos. Poco tiempo después, sus superiores lo enviaron a Oxford para que terminara sus estudios de teología. El día de su cuarenta y cinco cumpleaños, obtuvo su maestría. Doce meses después, era titular de una cátedra de ciencia y, en 1272, el papa Gregorio X lo designó para ocupar el arzobispado de Cantorbery. Mientras tanto, había redactado y publicado numerosas obras, entre las cuales estaban sus Comentarios sobre la *Física* y la *Metafísica* de Aristóteles, así como sobre *Acerca del alma*.

—Francis —preguntó sin volverse— ¿qué piensa de estas ideas averroístas que sacuden nuestra iglesia?

—Perdóneme, monseñor, pero no he oído hablar de ello más que de manera muy difusa.

Robert Kilwardby citó:

—Eternidad del mundo, negación de la providencia universal de Dios, unicidad del intelecto para todos los hombres y determinismo.

El secretario sacudió la cabeza, incómodo.

—No soy teólogo, monseñor, y me costaría mucho emitir una opinión.

El arzobispo volvió a su asiento.

—*Si intellectus esset idem numero in omnibus hominibus, cum scire et intelligere sint per intellectum, uno homine sciente, omnes essent scientes, et uno ignorante, omnes ignorantes, et etiam quod idem esset ignorans et sciens.*

El secretario frunció el cejo y tradujo mentalmente:

—«Si el intelecto fuera numéricamente idéntico en todos los hombres, en la medida en que saber y pensar tienen lugar gracias al intelecto, entonces todos los hombres serían sabios siempre que uno solo lo fuera; y todos ignorantes en cuanto uno solo lo fuera; y así el mismo individuo sería sabio e ignorante».

Francis afirmó, pero sin convicción:

—En efecto, veo muy bien la inanidad del razonamiento.

—Claro. No obstante, hay algo más embarazoso. Hace unos días, he acabado la lectura de la obra que nuestro hermano Tomás de Aquino escribió contra Averroes. Cuán grande fue mi sorpresa al descubrir que nuestro hermano profesaba tesis muy cercanas a las del musulmán.

—Esto sí que es chocante. Perdone mi pregunta: ¿Está usted convencido de ello?

Robert Kilwardby no pudo reprimir una sonrisa:

—Lo suficiente como para tener que condenarlas públicamente.

El joven saltó:

—¿Como heréticas?

—No. Pero sí extremadamente peligrosas.

Tras un breve silencio, el arzobispo ordenó:

—Tome nota, Francis.

Dos días más tarde, en un discurso en la universidad de Oxford, Robert Kilwardby lanzó a su vez una condena de dieciséis propuestas relativas a la lógica y la filosofía. La mayor parte se referían a la enseñanza de santo Tomás de Aquino, considerado demasiado cercano a Averroes. La declaración suscitó en París el clamor de protesta que se puede imaginar entre los dominicos. Estaban tanto más afectados en cuanto que el ataque provenía de uno de los suyos.

Cuando la noticia le llegó a fray Paul, fue presa de un ataque de risa y se dijo que Averroes estaría sonriendo en su tumba donde fuera que estuviese.

XIX

Guardé mi cálamo en mi bolsa, así como mi tintero y mis hojas aún en blanco. Dentro de poco, sería mediodía. Era la hora de partir. La escolta que el califa me había ofrecido se estaría impacientando. Tres años habían pasado desde mi llegada a Ribát al-Fath. Habiendo terminado mi trabajo, consideré que era hora de volver a mi casa. En cuanto a al-Mu'min, había tomado la ruta seis meses antes para proseguir sus conquistas. Antes de su salida, como si pretendiera tranquilizarme, reiteró los propósitos ya expresados en numerosas discusiones nuestras: mientras él sea califa, los filósofos, los pensadores y los intelectuales no tendrían nada que temer. Sería garante de su libertad de expresión. Estaba muy deseoso de animar la vida intelectual y el desarrollo de las artes. En el momento de montar a caballo, me dijo: «Acuérdate de esto, Ibn Roshd: cuando la historia juzgue mi reinado, lo calificará de "edad de oro de los almohades"».

A la hora en que escribo estas líneas, estamos en el año 1198 de la era latina.

Al-Mu'min murió hace treinta y cinco años.

Yo mismo, no viviré lo suficiente como para saber qué mirada los historiadores echarán sobre él. Sin embargo, puedo afirmar, desde ahora, que, en contra de lo que se pensaba, el gusto por el lujo y las artes acabó ganándole la partida al puritanismo y la intransigencia de los primeros tiempos. La cultura, la música, la filosofía conocieron un magnífico auge. Nos ofreció obras maestras, como la mezquita Kutubía, aquí en Marrakech, donde todos los viernes, voy a dar gracias al Altísimo, y esta maravilla que es el minarete de Sevilla. Sin duda habrá que contar también la mezquita de Ribát al-Fath que sigue en obras. Se afirma que, cuando esté acabada, será la mezquita más grande del mundo.[40]

Finalmente, excepto un período durante el cual el oscurantismo resurgió, causando mi ruina, esta dinastía resultó ser más tolerante de lo que se había podido temer. Obligado es constatar que el sueño de al-Mu'min se había materializado: los beréberes triunfantes se convirtieron en los dueños del Magreb, de las costas del Atlántico hasta Sirt. Solo Toledo sigue resistiendo todavía a sus asaltos.

He vuelto a leer por última vez la conclusión del compendio del *Almagesto*:

> Hace falta, pues, que el astrónomo construya un sistema astronómico tal que no implique ninguna imposibilidad desde el punto de vista de la física. Ptolomeo no logró asentar la astronomía sobre verdaderos fundamentos. Es, pues, necesario dedicarse a nuevas investigaciones. Para mí, esta astronomía debe basarse en la consolidación del movimiento de un solo orbe que gira simultáneamente alrededor de dos o más polos diferentes; el número de estos polos es el que conviene a la explicación de los fenómenos; tales movimientos pueden dar cuenta de la velocidad o la lentitud de las estrellas, de su movimiento directo o retrógrado, en una palabra, de todas las apariencias que Ptolomeo no ha podido explicar por medio de una astronomía correcta.

---

40 Averroes, que se morirá en 1198, ignora que no lo será nunca. Iniciadas bajo el reinado del nieto de al-Mu'min, las obras serán abandonadas después de su muerte, en 1199. Sólo permanecerá el minarete, impropiamente llamado la «torre Hassan».

En realidad, la astronomía de nuestro tiempo no existe;
conviene al cálculo, pero no concuerda con lo que es.[41]

Envolví mi ejemplar en una piel de cabra y lo metí en
la bolsa. Me quedaba solo una cosa por llevarme: las cartas
que, durante mi estancia, intercambiamos Ibn Maimún y
yo. La última me había llegado el mismo día por la mañana.
Antes de guardarla, tuve ganas de releerla de lo muy feliz
que me hacía.

Fez, 16 de shevat 4920[42]

Mi hermano, mi amigo, Ibn Roshd,

Espero que esta carta te encuentre feliz, en
buena salud. Nunca hemos estado tan cerca, y
tan lejos, como desde que estás en Ribát al-Fath. Tan cerca también de nuestro Al-Ándalus
bienamado. A este propósito, en tu última carta,
te sorprende que mi padre, rabí Maimún, haya
elegido llevar nuestra familia a Fez, en pleno corazón de este Magreb, cuna de nuestros opreso-
res. Es verdad que su decisión podría sorpren-
der: huimos del águila para refugiarnos en su
nido. Pero creo, no obstante, que tomó la decisión correcta. Un hombre, rabí Juda ha-Cohen
Ben Susán, dirige, aquí, en Fez, una academia
judía que, de momento, no parece ser objeto de
ninguna vindicta. Insistió vivamente para que
nos refugiáramos en su casa. Luego, Fez ha tenido siempre fama de ser una ciudad hospita-
laria y tolerante. De todos modos, amigo mío,
no teníamos otra alternativa. Mi madre, Rebeca,

---

41 De este libro sólo tenemos conocimiento de una traducción en hebreo hecha en el siglo XII por Jacob Anatoli. Obra reservada a los iniciados. Con-
cluimos de ello que Averroes pensaba en una reforma de la astronomía de
su época.

42 28 de febrero de 1160 de la era latina.

había fallecido. Se había hecho imposible seguir errando de ciudad en ciudad en al-Ándalus, tanto más cuanto que nuestra familia se había hecho más grande. Un tercer hijo había nacido de las segundas nupcias de mi padre: un hermanito. En todo caso, desde hace dos meses, los que llevamos instalados aquí, todo parece tranquilo. Rogamos a Adonai para que nada venga a contrariar esta paz.

Anoche celebré un doble aniversario: mis veinticinco años, y el fin de mi compilación de algunos tratados de nuestro maestro Aristóteles. Pienso titularla Terminología lógica. También he escrito un pequeño tratado del calendario en el cual explico cómo calcular las fiestas judías. Hacerlo me proporcionó alegría y placer.

Me apresuro ahora a contestar a tus preguntas. La primera concierne la conversión de mi familia al islam. Bien sabes que esta acusación está desprovista de sentido. Si hubiéramos adoptado la religión del Profeta, ¿por qué habríamos pasado diez años huyendo por todo al-Ándalus? ¿Por qué habríamos venido a refugiarnos en Fez? Los que han difundido este rumor no son más que miserables calumniadores. Dejemos correr el agua del río y pasemos, mejor, a tu otra pregunta que, ella sí, me parece mucho más importante: ¿la filosofía y la fe son compatibles u opuestas? ¿Pueden coexistir? La respuesta es: sí. No vayas a creer que estás solo en la batalla. Te animo vivamente a leer el *Kuzari* del difunto Juda Halevi. Por varios aspectos, no se aleja de La Incoherencia de los filósofos de tu querido desdeñoso al-Ghazálí. Es un panfleto violento contra la filosofía greco-musulmana, es decir la de al-Fárábí y de Avicena. Coincidiendo con al-Ghazálí, Halevi considera que la filosofía vacía la religión de su contenido, pretendiendo al mismo tiempo consolidarla. Como al-Ghazálí, considera que la revelación divina es única e insustituible, y que constituye una necesidad que ninguna demostración filosófica podría sustituir. Tranquilízate, amigo mío, estoy categóricamente opuesto a esta visión. Filosofía y religión son hermanas gemelas. Y concluiré afirmando que nosotros, los judíos, tenemos el deber de escrutar las Escrituras, e intentar averiguar las intenciones del Eterno. Para alcanzarlo, no veo más que una solución: estudiar la Tora valiéndonos de las obras de Aristóteles y de las de comentadores tan prestigiosos como tú. Ya que, para retomar tus propias palabras: *la verdad no podría contradecir la verdad.*

Comparto también tu opinión cuando dices que la sociedad está compuesta por el pueblo y por la élite y que no debemos dirigirnos de la misma manera al uno y a la otra cuando hablamos de religión. No gustará que afirmemos tal cosa. Sin embargo, es una evidencia. A la masa no le incumbe preocuparse por la filosofía y debe contentarse con seguir los preceptos de la religión popular. En cuanto a nuestra enseñanza, solo puede ser comprendida por espíritus evolucionados.

Ha llegado la hora de dejarte, a mi pesar; mi clase talmúdica va a empezar. Ten cuidado, tú también estás en el nido del águila. Más peligroso todavía: estás entre sus garras.

Salam, tu amigo, Moshe Ben Maimún

Doblé la carta y la puse con las cartas precedentes. Después de haber echado una última ojeada al cuarto donde viví tanto tiempo, me dirigí a la salida del palacio.

***

Tres años habían transcurrido desde mi regreso del Magreb.

Un segundo hijo había nacido; esta vez, una niña, el 12 de abril de 1161 de la era de los latinos. Le dimos el nombre de Zeinab, como la quinta esposa del Profeta, paz y saludos sean sobre él. Una pequeña maravilla que, según decían, se parecía como dos gotas de agua a su abuela. Mi hijo, Yehád, iba para nueve años. Y no pasaba un día sin que fuera para mí motivo de admiración. Le había enseñado a leer y leía con soltura el Corán; texto arduo que no está al alcance de todos. Entre él y yo se habían instaurado unas relaciones de complicidad en las que la mirada sustituía la palabra. Bastaba una modificación del tono de la voz, una expresión de la cara. Más de una vez, se mostró capaz de percibir (más rápidamente que su madre) los momentos en que la melancolía me invadía el alma. Es decir, a menudo, puesto que el hombre que se pregunta está abocado a vivir en la desesperanza. A veces envidiaba a aquellos que navegaban al abrigo de las tormentas. Serenos. Yo no he conocido nunca la serenidad. Ni con veinte años, ni en mi vejez. Había hecho mío el aforismo de Lubna: «Ni la desgracia ni la felicidad duran. Son solo momentos de vida que van y vienen».

Aproveché mis escasos momentos de ocio para redactar un tratado de medicina: el *Libro de las generalidades médicas*.[43] Un trabajo, me parece, bastante completo. Contiene una

---

43 Fue traducido al latín en 1255, con el título de Colliget, y al hebreo, luego publicado en 1482 y en 1560 en Venecia y utilizado oficialmente para la enseñanza en las facultades y las escuelas de medicina occidentales hasta los siglos XVII y XVIII.

introducción y siete partes: sobre la anatomía, la salud, las diferentes patologías, los diagnósticos, el material médico, la higiene y las terapias.

Me hubiera gustado tanto someterlo al juicio del que fue uno de mis maestros: Abenzoar. Lamentablemente, había fallecido dos años después de mi vuelta a Córdoba, antes de que mi tratado estuviera acabado. Sintiendo próximo su fin, se había aplicado diversos tratamientos que yo consideraba poco eficaces. El día en que se lo hice notar, me contestó con una extraña frase, extraña viniendo de un hombre de ciencia: «Ibn Roshd, si Dios hubiera querido, habría modificado la complexión de mi cuerpo, puesto que no me da el poder de utilizar un medicamento más que cuando tal es su antojo y querer». Luego, comprendí rápidamente: cuando se acerca su fin, los hombres, sean débiles o valientes, pensadores o iletrados, son presa de pavor y humildad y se ponen en manos de su Creador.

Como homenaje a este gran hombre, indiqué en mi tratado médico que mi libro no podría hallar mejor complemento que el *Taisír* de Abenzoar.

A partir de 1162, me puse a preparar una nueva obra, la *Bidáia*, un libro dedicado a cuestiones discutidas en materia de derecho. Tardaría dieciocho meses en terminarlo.

En el transcurso de nuestra existencia, hay acontecimientos que nunca olvidamos. Nuestra memoria se los apropia, los graba y, años más tarde, somos capaces de describir el tiempo que hacía aquel día, si estábamos solos o acompañados, a qué ocupación nos dedicábamos y en qué lugar nos encontrábamos.

El 30 de abril de 1163 forma parte de ellos.

Convocado por el gobernador de Córdoba, estaba muy lejos de imaginar las repercusiones que ese encuentro tendría sobre mi porvenir.

Al entrar en su gabinete, tuve la sorpresa de constatar que me habían precedido un gran número de personas.

La mayor parte de ellas eran sabios afamados con quienes mantenía relaciones si no amistosas, al menos de mutua cortesía. Las demás caras me eran desconocidas, excepto la de un tal al-Assi, astrólogo.

Al igual que sus colegas, el hombre decía que era capaz de desencriptar el porvenir en los astros, práctica formalmente condenada tanto por la religión musulmana como por la cristiana, por otra parte. Entonces, para descartar cualquier crítica, afirmaba que las configuraciones astrales representaban los signos de las intenciones del Creador y calificaba su trabajo de «ciencia de los juicios de las estrellas». De esta manera, se aprovechaba en toda impunidad de la credulidad de aquellos que, desde siempre, han experimentado la necesidad de conocer su porvenir.

Siempre me he opuesto firmemente a esta seudociencia, y no era el único. Mucho antes que yo, Avicena había publicado una *Refutación de la astrología*, antología en la cual niega rotundamente que los astros puedan tener el más mínimo efecto sobre nuestros destinos. Avicena, pero también Ibn Maimún. En una de sus cartas, me declaraba: *Sepan que todos los discursos de los astrólogos que predicen lo que ocurrirá son pura tontería, no son en absoluto ciencia. Tengo pruebas claras, irrefutables, que minan los principios sobre los cuales se fundan esos discursos. Ninguno de los sabios griegos, que fueron auténticos sabios, jamás ha tratado esta materia, ni hizo de ella el objeto de ningún tratado.*

Estas críticas, las hago mías, aunque no estoy de acuerdo con Ibn Maimún cuando menciona la existencia de mecanismos que regularían la interacción entre lo divino y lo terrestre y declara que las esferas celestes serían *movidas y regidas por ángeles*. Sea como fuere, reconocer los fundamentos de la astrología sería admitir que nuestra existencia sería determinada por el cosmos y que la suerte de un ser englobaría la suerte de todos los hombres; lo cual es totalmente ridículo.

Al-Assi pertenecía a esos espíritus —cada vez más raros, hay que reconocerlo— que persistían en creer que la tierra era plana. «No hace falta ser matemático —le expliqué cierto día, para adquirir la prueba de la esfericidad de la Tierra—. Basta ir al borde de un océano y observar el vaivén de los barcos. Cuando vienen desde el horizonte, lo que se ve primero es el mástil, luego la proa; mientras que, a la inversa, cuando un barco se aleja, el mástil desaparece el último».

Se enfureció y me lanzó: *Aláh os ha puesto la Tierra como alfombra*; luego: *¿No hemos hecho de la tierra lecho?*.[44] Sin saberlo, estaba plagiando las declaraciones de un autor cristiano que había escrito hacía mucho tiempo: *¿Existe alguien tan inepto como para creer que hay hombres cuyas plantas de los pies están por encima de sus cabezas? ¿Que las nubes y los árboles crecen hacia abajo? ¿Que las lluvias, la nieve y el granizo caen sobre la tierra desde lo alto?*[45]

—La paz sea sobre ti, Ibn Roshd —exclamó el gobernador al verme en el umbral—. Entra. Estamos impacientes por escuchar tu opinión sobre un asunto que agita nuestro ilustre círculo y que nos contraría.

Después de haberme presentado, el gobernador empezó:

—No se te habrá escapado que, desde hace tres días, las calles y las plazas de nuestra ciudad están desiertas.

Asentí. Había constatado efectivamente aquella extrañeza, que había atribuido a esta primavera excepcionalmente fría.

—Sin embargo —prosiguió el gobernador—, Córdoba no es la única víctima de esta situación. Lo mismo ocurre en Sevilla, Granada y en la mayor parte de las ciudades de al-Ándalus. Las gentes se esconden en sus casas y no se atreven a salir. Incluso los hay que huyeron para ir a no sé

---

44 Corán, LXXI, 19 y LXXVIII, 6.

45 Averroes habla sin duda de Lucio Cecilio Firmiano, apodado Lactancio, rétor nacido hacia el año 250, en el África romana.

dónde. Todo esto, como te puedes imaginar, es muy molesto, puesto que de ello se resiente el comercio y la vida pública. Tras haber investigado, hemos sido informados del motivo: algunos astrónomos de Granada han predicho que un terrible huracán no tardaría en abatirse sobre al-Ándalus y traería grandes desgracias. Incluso han precisado que tal acontecimiento se produciría precisamente dentro de once días, o sea el 24. Quisiéramos saber si este tipo de predicción meteorológica es posible o si no hace falta darle crédito alguno.

He pensado que los espíritus más sabios de Córdoba podrían ofrecerme la respuesta.

—Excelencia, ¿mis eminentes colegas ya le han ofrecido su opinión?

El gobernador adoptó un aire afligido.

—Sí. Y lamentablemente, no están de acuerdo. La mitad de las personas afirman que es posible predecir el tiempo gracias a la observación de la naturaleza; los demás afirman lo contrario. Por eso, nos gustaría conocer tu opinión.

Eché una mirada circular, luego dije:

—Excelencia, los antiguos griegos nos han dejado escritos en los que inventariaban los signos anunciadores de un cambio de tiempo y la descripción de las nubes. Estos sabios, entre los cuales está Aristóteles, se dedicaron al estudio de determinado número de fenómenos que ocurren en nuestro cielo y que están sometidos a leyes menos regulares que las de las esferas superiores donde todo parece obedecer a un orden admirable. Estoy, pues, de acuerdo, aunque con reservas, con aquellos de mis colegas que consideran posible la predicción meteorológica.

—¿Por qué con reservas, Ibn Roshd? —exclamó uno de los sabios.

—Porque nuestro conocimiento de esta ciencia es pobre. Aunque algunos cambios son previsibles a corto plazo, no lo son en un plazo más lejano. Me parece imposible predecir, con once días de antelación, y con certeza, la llegada de un huracán.

Se alzó un alboroto llenando la pieza.

Algunos aprobaban, otros no. Finalmente, una voz más fuerte que las demás, lanzó:

—¡Ibn Roshd está equivocado!

El que acababa de hablar no era otro que al-Assi.

—Te escucho.

Adoptando un aire inspirado, recitó:

—*¿No has visto cómo ha obrado tu Señor con los aditas, con Iram, la de las columnas, sin par en el país?*

El gobernador se asombró:

—¿De qué hablas?

—Excelencia, acabo de recitarles los versículos de la sura LXXXIX, «El Alba».

Pregunté:

—¿Qué relación tiene con las predicciones meteorológicas?

Al-Assi gritó golpeándose el pecho con la mano derecha:

—¿Cómo? ¿No sabes que la ciudad de Iram fue destruida por Aláh después de que el pueblo de 'Ád transgrediera las leyes y se pusiera a adorar ídolos? Y eso fue predicho.

Recitó de nuevo:

—*Y cuando vino Nuestra orden, la volvimos de arriba abajo e hicimos llover sobre ella piedras de arcilla a montones, marcadas junto a tu Señor.*[46]

—Lo siento, pero sigo sin ver la relación. ¿Qué pretendes demostrar?

Se echó para atrás, sorprendido al ver mi incomprensión.

—El Corán indica claramente que la predicción de una catástrofe es perfectamente posible, y poco importa el tiempo que transcurre entre el momento en que se hace el anuncio y el momento en que se produce.

---

46 Sura XI, versículos 82 y 83.

Entonces fue cuando, perdiendo mi calma, firmé mi perdición.

—¡Pobre ignorante! ¡Son fábulas! Iram, el pueblo de 'Ád... ¡son fábulas!

Esta vez, lo que provocaron mis palabras no fue un alboroto sino gritos de pavor.

—¿Fábulas? —repitió al-Assi, aterrado—. ¿Estarías negando que el pueblo de 'Ád hubiera existido? ¿Y la ciudad de Iram?

—No puedo negar sin prueba. Tampoco puedo admitir sin pruebas. Que un pueblo llamado 'Ád hubiera podido aparecer y construir una ciudad, esta no es la cuestión, sino que el hecho de tomar al pie de la letra las palabras de la Revelación no solo es peligroso, sino que lleva a extravíos. Una ciudad puede desaparecer por culpa de un huracán o un terremoto, pero no porque Aláh lo haya decidido. ¡No hay predicciones que valgan! ¡No existe ningún Dios sanguinario!

Un silencio como no había conocido nunca envolvió el gabinete del gobernador. Un silencio lleno de espanto y terror.

Alguien susurró:

—*Astaghfiru Aláh al-'Adhím.* Pido perdón a Dios el Magnífico.

Otro le hizo eco.

—¿Tienes conciencia de la gravedad de lo que acabas de declarar? —murmuró el gobernador, con el rostro de pronto lívido.

Me pareció evidente que mi lugar ya no era aquel.[47]

Tras haber saludado a los asistentes, me retiré, obligado, por momentos, a abrirme paso entre caras hostiles.

---

47 Esta escena parece ser verídica si damos crédito a Salomón Munk (1803-1867), un erudito que dedicó gran parte de su vida al estudio de la literatura judeo-árabe medieval. Está descrita en la página 424 de su libro *Mélanges de philosophie juive et arabe*, publicado en 1859 por las ediciones Chez A. Franck.

XX

—Enciende una lámpara —ordenó mi padre—. Ya casi no se puede ver nada.

Era verdad. Hacía un buen rato que la pieza se había llenado de sombras.

Mi madre obedeció en silencio y, antes de retirarse, me propuso con voz tímida:

—¿Quieres que te prepare algo de comer?

—Gracias, pero no tardaré en volver a casa. Sarah estará preocupada.

Al salir, me rozó la mejilla al paso al mismo tiempo que susurraba:

—Confía en Dios. Todo saldrá bien.

Después de un momento sin palabras, mi padre preguntó:

—¿Cómo has podido?

Era la segunda vez que me hacía la pregunta.

—Te contestaré esto: cuando la necedad humana no para de abofetear la inteligencia, la inteligencia tiene derecho a comportarse neciamente. Estaba agotado. ¡Tenías que haber oído las majaderías de ese astrólogo! Son...

—¡*Maynún*! ¡Estás loco! El hombre nació para permanecer con vida, no para llamar al ángel de la muerte. Tus declaraciones son herejías. ¿Atreverse a calificar los versículos del Corán de fábulas?

—¡No! No los versículos; las palabras de un burro son las que califiqué de fábulas.

—¿Porque tú crees que los que lo son hacen la diferencia? No, Ibn Roshd, no puedes seguir así. Las tesis que profesas, la adulación con la que tratas a los antiguos griegos, ¡son escandalosas! Esa teoría sobre el pensamiento separado del ser, sobre la negación de la resurrección, ¿cómo puedes imaginar un solo instante que no ofenderá a los creyentes? Te he escuchado durante todos estos años. Te he leído. Me he callado. Ahora ya no puedo.

Recuperó su rosario, empezó a hacer rodar nerviosamente sus cuentas, antes de decir con voz baja:

—No quiero perderte.

Mi madre reapareció con una bandeja y dos vasos de té humeante que dejó furtivamente encima de una mesa. Luego volvió a desaparecer.

—Estoy extremadamente sorprendido —retomó mi padre— de que el gobernador no te haya hecho apresar inmediatamente y aún más sorprendido de que esta gente no intentara lincharte.

—Saben, como todo el mundo aquí, que el califa me acogió en Ribát al-Fath, y que me tiene en gran estima. ¿A lo mejor temen contrariarlo?

—No es imposible. ¿Pero cuánto tiempo durará su temor?

Cogió uno de los vasos de té y bebió un trago.

Propuse:

—Voy a escribir al califa y pedirle ayuda.

Mi padre exhaló un suspiro.

—Eres un hombre brillante, un jurista emérito, un filósofo incomparable. Pero cuando se trata de las realidades de la vida, no sabes pensar. Cuando tu carta llegue a al-Mu'min, serás un hombre muerto. No. Escúchame. Me he enterado esta mañana de que Yúsuf,[48] el hijo del califa,

---

48 Averroes cita su nombre completo: Abú Ya'qúb Yúsuf.

había sido nombrado gobernador de Sevilla. No dudo de que su padre le haya hablado de ti. Él solo, si así lo desea, podría actuar. Si te puedo aconsejar algo, ve a verlo sin demora.

Cogí yo también un vaso de té y volví a ponerlo enseguida encima de la mesa. Mi cuerpo se negaba a ingerir absolutamente nada.

—¿Me recibirá? No entra en el Alcázar quien quiera entrar.

—Pareces olvidar quién eres. Bastará con que digas tu nombre.

—Muy bien. Seguiré tu consejo. Sin embargo…

Se oyó un grito espantoso, seguido de un ruido de caída.

Me precipité yo primero y corrí hacia la habitación de mi madre.

Llegado al umbral, creí que mi corazón iba a dejar de latir. Mi madre estaba tendida en el suelo, y un rictus sacudía sus labios. Me arrodillé, intentando controlar el temblor de mis manos. El pulso era impalpable, aunque ella seguía respirando.

—¿Qué le ocurre? —gritó mi padre.

—No… no sé… yo…

—¿No eres médico?

¿Era yo médico? Todo mi saber se confundía en mi mente. Igual que la voz de Abubácer y la de Abenzoar, y las páginas de Galeno. ¿Quién era yo? Un hijo que estaba viendo morir a su madre y que ya no tiene palabras.

Coloqué mi oreja sobre sus labios en busca de un soplo. Recogí el último, el que exhala la muerte.

—¿Entonces? —gimió mi padre—. Vas a poder salvarla, ¿cierto?

Cerré los párpados de mi madre y me levanté. Abracé a mi padre. Mis ojos estaban secos. Ni una lágrima. Sólo susurré:

—Que Aláh te conceda los años que le quedaban por vivir.

No creo haber visto nunca un cielo tan azul sobre Córdoba.

Una numerosa muchedumbre estaba reunida alrededor de la tumba, esencialmente amigos de mi padre. Durante un breve instante, me vi de nuevo atravesando este mismo cementerio entre los enamorados y las adivinas dc buenaventura, mientras me dirigía por primera vez a la casa de Lubna. Lubna, que descansaba a pocos pasos de aquí. Ocho años ya.

La víspera, como es debido, mis dos hermanas, Mariam y Malika, y la esposa de mi hermano, habían lavado el cadáver, untado el pelo con alheña, afeitado el pubis y las axilas, luego lo habían envuelto en cinco sábanas tal y como lo exige la costumbre. Había insistido para que no se prohibiera a estas mujeres el acceso al cementerio; su presencia venía siendo en principio desaconsejada por la ley por temor a las excesivas lamentaciones: *No es de nosotros aquel que se golpee las mejillas, desgarre la ropa y llame sobre sí mismo la desgracia.*

El imam acababa de avanzar hacia el ataúd.

Tras haber recitado las cuatro fórmulas, concluyó:

—*Os hemos creado de ella* [la tierra] *y a ella os devolveremos, para sacaros otra vez de ella.*

Lentamente, con la ayuda de mi hermano Dyibríl y dos primos, levantamos el cuerpo y lo depositamos delicadamente en la misma tierra, con la cara orientada hacia la Meca.

Cada una de las personas presentes cogió entonces un puñado de tierra y lo echó en la tumba.

Había terminado todo.

Salimos a paso lento del cementerio. El cielo seguía siendo azul. Un azul indecente ante tanta tristeza. Mi padre, sostenido por mi hermano y yo, vacilaba a cada paso. Acababa de abandonar al polvo treinta y siete años de vida común y el único amor que hubiera conocido jamás. A pesar de mis protestas, convenimos con Mariam, viuda desde hacía tres años, que iría a vivir con ella. Abandonado a sí mismo, a sus setenta y siete años, tras tal pérdida, no cabía la menor duda de que iba a dejarse morir.

Por la noche, Sarah y yo recibimos el cortejo de personas venidas a presentar sus condolencias. Su gran número se explicaba por la notoriedad de mi padre.

Al día siguiente, al alba, tras una noche sin dormir, salí camino de Sevilla. La cara de mi madre no me ha abandonado en todo el trayecto. La veía por todas partes. Entre las palmeras y los hibiscos, incrustada en el soplo cálido de las higueras.

Cinco días más tarde, llegué a Sevilla. La ciudad, casi circular, estaba situada en una vasta llanura, repleta de viñedos y olivares. Vi también campos de trigo y molinos. El Gran Río corría hacia el oeste. Pasé por debajo del acueducto y llegué al pie de las murallas en *tabya*, una mezcla de arcilla, arena y cal, jalonadas de cientos de torres y franqueadas por puertas. Entré por una de ellas en la ciudad. Sevilla tenía fama de ser la ciudad de los contrastes, de la miseria más chillona y las fortunas insolentes. Una fama confirmada a medida que progresaba hacia el Alcázar: jamás había visto tantos niños abandonados y tantos mendigos. Jamás, tampoco, tantas magníficas moradas.

Como lo había hecho con motivo de mi visita a Ribát al-Fath, cuando llegué a la entrada del Alcázar, di mi nombre. El centinela no pareció impresionado y, al contrario, me miró con aire sospechoso. Pensé con ternura en mi padre. Como todos los padres, me veía más importante de lo que era, o no había imaginado que los guardias no leen a Aristóteles ni tampoco los tratados de medicina y menos aún los libros de jurisprudencia.

—¿Tienes un salvoconducto?

—Informad al gobernador. Mi nombre bastará.

—Es que…

Mentí.

—Traigo un mensaje urgente de su padre.

—¿El califa?

Viendo su expresión confusa, me dije que una terrible batalla se estaría librando en la cabeza del pobre hombre. En buena lógica, me habría echado sin discusión, pero hubiera sido correr el riesgo de ver todas las maldiciones del cielo abatirse sobre él. Finalmente, me autorizó a entrar.

Desde el exterior, las murallas me presentaban el aspecto de una fortaleza, y no podía sospecharse que escondiesen tantos esplendores. En otros tiempos, me hubiera extasiado, pero no tenía para ello ni corazón ni espíritu en ese momento. Así fue como anduve en la más total indiferencia a lo largo de cientos de columnas, pasé por el patio, las habitaciones de techos preciosos, decorados con estuco, y todas las maravillas que vi por el camino.

Un segundo guardia me interceptó cuando me encontraba al pie de una escalera de mármol. Mi nombre no le hizo mayor efecto que a su colega. Reiteré mi mensaje. Movió la cabeza de derecha a izquierda y, de pronto, me vi rodeado de una decena de beréberes, sable a la cintura.

El guardia intercambió unas palabras con uno de los hombres, el más mayor, que parecía ser el jefe. Este último avanzó hacia mí, me miró desdeñosamente y dijo:

—¿Eres Ibn Roshd?

—Soy Ibn Roshd.

—¿El hijo de Abu al-Qásim?

—El hijo de Abu al-Qásim.

—¿El nieto de Abu al-Ualíd?

Contesté una vez más afirmativamente.

Entonces el hombre me saludó poniendo la mano sobre el corazón.

—Tengo que ver al señor Yúsuf. Se trata de un asunto urgente.

—Comprendo. Pero desafortunadamente, no tengo poder para decidirlo. Te voy a acompañar a donde está su secretario.

Yúsuf había ordenado que fuera a encontrarme con él en el *hammám*. Cuando llegué, él acababa de salir de la cámara caliente y descansaba en la sala de salida. Me senté frente a él, con una toalla anudada a la cintura.

Tendido sobre una banqueta, con los ojos entreabiertos, parecía vivir plenamente ese instante de voluptuosidad en el que el cuerpo, metido en un sopor húmedo, deja de pertenecernos. Bastante esbelto, tenía la cara alargada, una nariz que sobresalía por encima de una boca de carnosos labios, en los cuales se iniciaba la curva de una barbilla alargada. ¿Compartía la misma visión política que al-Mu'min, los mismos sueños de expansión? ¿El mismo interés por las ciencias y la misma tolerancia hacia los filósofos? Mi porvenir dependería de sus respuestas.

De repente, se levantó y dio unas palmadas.

—¡Refrescos! —ordenó a uno de los portadores de abanico.

Luego me miró fijamente.

—Ibn Roshd, ¿sabes cuánto te admira mi padre?

—Para mí es un gran honor.

—Mi padre, pero también tu amigo y maestro Abubácer. Tuve la oportunidad de entregarme a sus cuidados el año pasado, mientras hacía una visita al gobernador de Ceuta.

Sentí como la emoción me invadía. Era la segunda vez que, sin saberlo, Abubácer desempeñaba un papel protector.

El príncipe añadió:

—Es un gran personaje, Abubácer. ¿Has leído *Viviente hijo del despierto*?

—Por supuesto. Una obra maestra. Eterna.

Yúsuf se quitó la toalla para enjugar el sudor que perlaba en su frente y la volvió a colocar sobre su intimidad.

—¿Es concebible que un niño abandonado a sí mismo en una isla pueda adquirir el saber cuando al inicio es ignorante de todo, sin equipaje, sin memoria?

Habiendo venido a reclamar ayuda ante un príncipe, me encontré de pronto en un lugar insólito debatiendo sobre un libro iniciático.

—Habrá podido seguramente observar que este cuento, ya que ante todo es un cuento, está dividido en siete partes que se extienden sobre una duración de cuarenta y nueve años. Siete por siete. Hay que comprender que cada una de estas etapas corresponde a un caminar: el de la inteligencia y el del alma.

—Es, pues, una especie de recorrido iniciático.

—Absolutamente. Desde su nacimiento hasta los siete años, Viviente descubre el afecto de los seres que se parecen a él: los animales. De los siete a los catorce años, explora un mundo más vasto, adquiere y desarrolla el sentido de la observación y de la intuición, hasta el momento en que se enfrenta con la muerte del ser más querido, la muerte de la «madre-gacela». Entre los catorce y los veintiún años, aborda el tiempo de la invención. Utiliza instrumentos para construir, producir. En la última etapa es cuando accede a la meditación metafísica, se interroga sobre el hombre y sobre el alma, y descubre una práctica religiosa exenta de toda revelación externa, hasta alcanzar el éxtasis. Este momento que yo calificaría de encuentro con lo absoluto.

—Interesante —reconoció Yúsuf—. Un libro que suscita numerosas interrogantes.

—De las cuales una es fundamental.

—¿Cuál?

Intenté yo también enjugar el sudor de mi cara. ¿Se debía mi sudor al miedo o al calor? No lo hubiera podido decir con certeza.

Contesté:

—La religión revelada, en su interpretación literal, ¿puede tolerar la sabiduría de un espíritu libre?

El príncipe meneó la cabeza varias veces.

—Sí. Esta interrogación no se me había escapado. ¿Cómo contestarías a ella?

No me atreví a contestar. Presentía que, dependiendo de la respuesta que fuera a dar, mi destino estaría sellado.

Contra toda previsión, tomó él la iniciativa.

—Pienso que un espíritu libre debe seguir siéndolo. Pero ¿necesito precisarlo? Libertad sin límites se llama anarquía.

Se calló y me escrutó con aire grave.

—Las noticias corren deprisa, Ibn Roshd.

Como me preparaba a defenderme, me paró con un gesto de la mano.

—Es inútil. No necesitas disculparte. Mi sentencia ya ha sido dictada.

Masculló al tiempo que se levantaba de la banqueta:

—No me gustan los astrólogos.

Fue en ese momento cuando la puerta se abrió y un hombre, jadeante, cayó de rodillas gritando:

—¡Señor! ¡Nuestro califa, su padre, ha fallecido!

XXI

Más de un siglo después de la muerte de Averroes
Florencia, 1299

El sol ardía por encima de las colinas del Belvedere y el Bellosguardo. Catorce veces sonó la campana. Un rayo de luz se filtró por las persianas entreabiertas y vino a posarse sobre la nariz del *signore* Dante Alighieri. Una nariz muy alargada. El florentino bebió un trago de vino y, mirando con un ojo apagado a su querido amigo el poeta Guido Cavalcanti, soltó una especie de gemido.

—¿Qué ocurre? —gritó Guido—. ¡No me digas que sigues pensando en ella!

—¿Por qué no pensaría en ella?

—Porque tu Beatriz está muerta. Muerta desde hace diez años, que ninguna pena de amor dura tanto y que, desde entonces, has tenido cuarenta y dos capítulos y treinta y cinco poemas para expresarlo. ¡Qué habría sido si te hubieses acostado con esta doncella! A ello añadiría que estás casado y tienes cuatro hijos.

Dante levantó su dedo índice.

—¡Cuidado, Guido! Eres mi amigo más íntimo, pero te prohíbo hablar así de Beatriz. Fue sagrada y lo sigue siendo.

Guido recitó, con la mirada puesta en el techo:

—*Aparecióseme con una indumentaria de nobilísimo, sencillo y recatado color bermejo, e iba ceñida y adornada de la guisa que cumplía a sus juveniles años. Y digo en verdad que a la sazón el espíritu vital, que en lo recóndito del corazón tiene su morada, comenzó a latir con tanta fuerza, que se mostraba horriblemente...*

—¡Para, te lo ruego!

—Paro. Y para consolarte, te diré que tu *Vita nova* es una pura obra maestra. Allí arriba, entre los ángeles, Beatriz puede sentirse colmada. Ningún hombre habrá pagado nunca tal tributo a una mujer.

Dante dejó el diván en el que estaba acostado y se dirigió a su mesa de trabajo. Cogió un grueso manuscrito y se volvió hacia su amigo.

—Me gustaría leerte algo, si buenamente quieres.

—Con mucho gusto.

—Será largo, y debes saber que lo redacté en toscano.

—Estás loco, ¡por Dios! ¿En toscano?[49]

—Perfectamente. Dejemos de escribir para una élite de letrados, escribamos para el pueblo, es decir la mayoría de la gente de este país. Vacilo todavía en cuanto al título. ¿Qué opinas de *La Comedia*?

—Es un poco vago. ¿Cuál es el tema?

—Digamos que se trata de una composición a la vez lírica y esotérica. El héroe decepcionó a la mujer que amaba perdidamente. Ella se murió antes de que él pudiese conquistarla de nuevo. Su única esperanza de obtener su perdón está en reunirse con su alma en el Paraíso. Inicia, pues, un viaje imaginario a través del mundo de los muertos. Guiado, primero, por Virgilio que representa la razón, luego por una joven, el héroe pasa del Infierno al Purgatorio, luego al Paraíso. A lo largo de este periplo, se encontrará con numerosos personajes que ilustran los vicios y las virtudes. El bien y el mal. Los heréticos y los creyentes. ¿Entonces? ¿Qué te parece?

---

49 A consecuencia de esta obra colosal es como el toscano se volvió lengua nacional italiana.

Guido se sirvió una copa de vino.

—Me imagino que el héroe eres tú, y que la joven es...

—Beatriz. Exacto. ¿Algún inconveniente?

Había como una amenaza en la voz.

Guido se apresuró a responder negativamente.

—Ninguno, ninguno. Te escucho.

Dante volvió al diván que había abandonado, se instaló confortablemente y empezó su lectura.

Una hora más tarde, Guido se levantó para abrir las persianas al tiempo que animaba a su amigo a proseguir.

—¡Dime al menos algo!

—Está bien. Muy bien. Sigue.

—¡No cambiarás nunca! Siempre tan susceptible, inquieto y torturado. ¡Te digo que sigas!

Dante hizo una mueca de irritación y retomó la lectura:

—*Vi además a Sócrates y Platón, que estaban más próximos a aquél que los demás;/ a Demócrito, que pretende que el mundo ha tenido por origen la casualidad; a Diógenes, a Anaxágoras y a Tales, a Empédocles, a Heráclito y a Zenón:/ vi al buen observador de la cualidad, es decir, a Dioscórides, y vi a Orfeo, a Tulio y a Lino, y al moralista Séneca;/ al geómetra Euclides, a Tolomeo, Hipócrates, Avicena y Galeno, y a Averroes, que hizo el gran comentario./ No me es posible mencionarlos a todos, porque me arrastra el largo tema que he de seguir y muchas veces las palabras son breves para el asunto...* ¿Entonces?*

Guido no pudo aguantar y soltó una carcajada.

—Se creería que estamos en la corte de Federico II.

—¡No ironices! Siento hacia el emperador mucha admiración y veneración. Vi en él el modelo del soberano y del juez, el sabio y el poeta, ¡el príncipe perfecto!

—De acuerdo. Volvamos a tu poema...

—¡No! ¡A mi obra maestra!

—Si mal no he comprendido tu explicación, estará dividida en tres partes. El Infierno, el Purgatorio y el Paraíso.

—Estás simplificando. Tres partes de treinta y tres cantos

cada una, más uno, a modo de introducción, todo ello con el valor místico de los números tres y cien. El conjunto se acaba con el descubrimiento de Dios fuera del tiempo y del espacio. Lo que te acabo de leer no representa más que algunos versos del Infierno, el Canto IV.

Guido cogió el manuscrito de la mano de su amigo y lo recorrió de modo febril.

—Ptolomeo, Hipócrates, Avicena, Galiano... ¿Averroes? ¿Los has destinado a todos ellos a la condena?

—Sí y no. Los he dejado en el limbo. Allí donde se quedan aquellos que se mueren sin haber cometido pecado mortal alguno, pero no han sido liberados del pecado original por el bautismo. Son los «buenos paganos».

—¡*Sei proprio matto*! ¡Estás realmente loco! ¿Has arrojado a tantos gigantes del pensamiento en las puertas del Infierno?

Guido Cavalcanti señaló con el dedo un pasaje.

—*Aquel otro que ves tan demacrado fue Michael Scot, que conoció perfectamente las imposturas de las artes mágicas...*

Se detuvo bruscamente.

—¿Michael Scot? ¿A él también lo has colocado entre los engañadores y condenado al Infierno?

Las pupilas de Dante se ensombrecieron de la ira.

—¿Sabes tú quién es Michael Scot?

—Evidentemente, es el traductor de Averroes.

—Si fuera sólo eso... ¡Es que pertenecía a los falsos profetas del porvenir! ¡Un maestro en brujerías! ¡Un falso astrólogo!

—Estás equivocado. Sabía leer el futuro y lo demostró.

Dante repitió, incrédulo:

—¿Lo demostró?

—Por supuesto. No salía nunca de su casa sin proteger su cráneo con una caperuza de hierro porque había predicho que lo mataría una piedra. Y así fue como murió un día mientras acompañaba al emperador de Germania.[50]

---

50 En 1235.

—¿Y qué había hecho con su caperuza?

—La había olvidado en Palermo. ¡Ves, pues, que Scot no puede acabar en el Infierno y menos aún Averroes o Aristóteles!

Dante recuperó su manuscrito con un gesto rabioso.

—¡La historia decidirá si estoy equivocado o estoy en lo cierto!

XXII

Sarah contemplaba con una sonrisa de niño el brazalete que yo acababa de ofrecerle. Ya no era, sin embargo, una niña; estaba celebrando sus treinta cumpleaños. Había madurado de forma increíble. Su cuerpo se había metamorfoseado, sus caderas se habían redondeado, su madurez era la de una mujer de cuarenta años. Cuando hacíamos el amor, ya era ella la que manifestaba sus exigencias.

Un poco retraído, y con mi hija Zeinab sobre las rodillas, observaba a los miembros de mi familia reunida.

A Malika, mi hermana mayor, la veía yo cada vez más parecida a nuestra madre, a menos que fuera el alma de la difunta que se hubiera deslizado en ella. Algunos años antes, yo le había presentado a su marido tras haber visto que el hombre era serio y probo. Poseía una de las fábricas de papel más importantes de al-Ándalus, donde yo acostumbraba abastecerme. Un papel de calidad superior a aquel que importaban de Siria o incluso de Samarcanda.

Desde que perdió a su esposo, Mariam, dos años menor que Malika, no había vuelto a casarse. Se dedicaba a la educación de su único hijo y cuidaba de mi padre, que se había instalado bajo su techo.

En cuanto a mi hermano Dyibríl, había tomado por esposa a una cristiana cuya familia se había arabizado desde hacía más de un siglo. Cuando llegaron los almohades, existía un número no desdeñable de cristianos en al-Ánda-lus. Pero, rápidamente, su estatuto de *dhimmi*, protegidos, había sido puesto en peligro por la intransigencia de los nuevos conquistadores.

Un día, una *fatua*, tan estúpida como despreciable, de-cretó la destrucción de todas las iglesias. Numerosos cris-tianos fueron obligados a huir hacia el norte, y los que de-cidieron quedarse, se arabizaron permaneciendo al mismo tiempo fieles a su fe. Conservaron el latín como lengua litúrgica, pero el árabe se convirtió en su lengua de cul-tura y comunicación. Adoptaron nombres árabes, adopta-ron nuestra forma de vestir y nuestro modo de vida. Ya no comían carne de cerdo y evitaban decorar sus iglesias con imágenes o esculturas que eran signos de idolatría. Pronto, se les dio el nombre de *mozárabes*.[51] Los «arabizados». Prac-ticaban libremente su culto, sin poder, sin embargo, hacer procesiones públicas ni hacer doblar sus campanas fuera del domingo.

Nada obligaba a Marua (era el nombre de la mujer de Dyibríl) a convertirse al islam. En ningún momento mi her-mano le había impuesto tal condición para casarse con ella. El Corán no se opone, en ningún caso, al casamiento de un musulmán con una mujer perteneciente a la comunidad de los que recibieron el Libro como nosotros.

¿Por qué lo decidió ella? No intenté averiguarlo. ¿Fue quizás por convicción? O para incorporarse mejor a nues-tra familia. Poco importa. La he considerado siempre como una hija del Libro, sin distinción, tal y como está prescrito: *Decid: Creemos en Alá y en lo que se nos ha revelado, en lo que se reveló a Abraham, Ismael, Isaac, Jacob y las tribus, en lo que Moisés, Jesús y los profetas recibieron de su Señor. No hacemos distinción entre ninguno de ellos y nos sometemos a Él.*[52]

---

51 N. del T.: En español en el texto original.

52 Corán, II, 136.

—Estoy satisfecho de ti, hijo —dijo de repente mi padre—. Tengo la impresión de que has elegido, por fin, la vía de la razón.

Veía claramente a qué hacía alusión. No hice ningún comentario.

—¿Qué vía de la razón? —preguntó Dyibríl.

—Tu hermano acaba de terminar la redacción de un tratado a la gloria de los almohades y...

Lo interrumpí.

—Perdóname. Te equivocas. Es una obra que se refiere al Estado supremo instaurado por Ibn Túmart.[53] No se trata de una apología.

—Digamos que, como cualquier persona que haya comprendido que debía someterse al nuevo orden, has llevado el celo al extremo de convertirlo en una explicación en condiciones.

Quise reaccionar, pero mi padre prosiguió:

—¿Habrías olvidado que yo te enseñé jurisprudencia? No se me ha escapado que, en tu *Comentario de la República de Platón*, fustigas a los califas almorávides, así como a sus seguidores, para exaltar al régimen que los ha sustituido. Magnificas *ese poder vencedor* por haber liberado a los musulmanes de todos los provocadores de disturbios intelectuales y espirituales, y haber dejado de este modo vía libre, te cito, *a esta clase de personas que se ha comprometido en la vía del examen racional y aspira a conocer la verdad.* Debes saber que no te lo reprocho. Al contrario, lo apruebo y lo comparto. No nos buscamos problemas, ¿no es así?

Dyibríl ironizó:

—¿Será tu encuentro en Sevilla, hace tres años, con el que entonces era solo gobernador, lo que ha modificado tu visión del poder actual? ¿Una manera de darle las gracias por la protección que te ha concedido?

---

53 *Al-Amr al-ʿazíz.* Este tratado desapareció.

Mi padre observó:

—Poco importa, mi hijo puede jactarse hoy de ser el protegido de un califa.

—Un califa que no ha suavizado en nada este régimen —prosiguió Dyibríl—. Es tan dirigista como totalitario. Totalitario porque nos impone a todos, hombres libres y esclavos, sumarnos a un pensamiento específico. Y dirigista puesto que, después de haber encargado obras a los letrados, letrados como tú, hermano, vigila su redacción por medio de una administración colocada bajo su tutela. Una política que tiene nombre: censura.

Viendo que yo seguía callado, mi hermano me apostrofó:

—¿Entonces? ¿No hay comentarios?

Yehád levantó un dedo tímido.

—¿Puedo decir algo?

Las miradas se volvieron hacia él.

—Si estamos obligados a llevar un vestido que detestamos, podemos negarnos a llevarlo y padecer muchos sufrimientos, o aceptarlo. Mi padre ha optado por aceptar, porque sabe que, en el fondo, su corazón no ha aceptado.

Miré a Yehád, desconcertado. Siempre había presentido una gran madurez en él. No me había dado cuenta hasta qué punto había madurado.

***

Sí, no puedo, ni quiero, negar la verdad. Igual que lo he reconocido más arriba en estas memorias, he intentado tanto como me fue posible, evitar el enfrentamiento. Me negaba a ser obligado al exilio como Ibn Maimún. Sí, he besado la mano de los almohades. Sin embargo, ahí donde mi hijo se equivocaba era en que no había escapado al sufrimiento.

Dejé mi cálamo, sorprendido por la subida del alba. Sin darme cuenta, había pasado toda la noche escribiendo, sin releerme, sin un solo tachón. Es que el tiempo me falta.

En su última carta, Yehád me anunciaba que llegaría mañana. Volver a verlo será extraño después de tan larga separación y me cuesta creer que el niño que era se ha convertido en un hombre de cuarenta y dos años. Estoy orgulloso de él. La precocidad que manifestaba siendo joven no ha hecho más que confirmarse con los años. Es excelente. Ha leído todas mis obras a pesar de su gran complejidad, soy consciente de ello; en particular mis comentarios sobre *De ánima*. Ahora que ya se ha consumado todo, me asalta una pregunta: ¿y si me hubiera equivocado? ¿Y si hubiera interpretado mal el texto original? No he tenido entre las manos más que una traducción del griego al árabe del libro de Aristóteles. Una sola, firmada por un cristiano llamado Ibn Is-háq. Intenté averiguar quién era este hombre. Pregunté a sabios, traductores, cristianos, judíos. Al parecer, Ibn Is-háq habría nacido hace tres siglos a orillas del Éufrates, y habría pertenecido a una extraña secta que afirma que dos personas, una divina y la otra humana, coexisten en Jesús.[54] Unos propósitos que se me escapan puesto que Jesús no fue sino un profeta entre los profetas y no podía, de ninguna manera, poseer apariencia divina. Fue con motivo de un viaje a Bizancio cuando Ibn Is-háq habría aprendido griego; siendo su lengua natal el siriaco, un dialecto derivado del arameo. De Bizancio, habría ido a Bagdad, donde habría formado parte de la «casa de la sabiduría», uno de los centros de estudios y de traducción abierto a los sabios bajo el reinado del califa al-Mu'min.

Ignoro en qué circunstancias Ibn Is-háq adquirió el título de «maestro de traductores».

Por todas estas razones, desde hace varios días, un dilema me apretaba la garganta: ¿y si la traducción de *De Ánima* no era correcta? ¿Ibn Is-háq tradujo él mismo la obra? ¿O habrá que atribuir este trabajo a su hijo o a su sobrino,

---

54 Los nestorianos.

puesto que, lo sé, se distribuían las tareas en el seno de una misma familia e incluso habían creado un negocio muy lucrativo, haciéndose remunerar por cada manuscrito traducido? ¿Acaso su hijo y su sobrino dominaban el griego lo suficiente? ¿O se habían contentado con traducir a Aristóteles al siriaco, antes de confiar su trabajo a su maestro que, después, habría traducido la obra al árabe? En este caso, ¡cuánta pérdida!

La traducción de una simple carta ya está en sí sembrada de obstáculos; ¿qué decir, entonces, de textos tan abruptos como *De ánima*? Sea quien sea quien lo tradujo, ¿tenía suficientes conocimientos en filosofía? ¿Cómo habrá podido descifrar pasajes como éste?: *Puesto que el cuerpo es de tal forma particular, y que, por ejemplo, tiene vida, el cuerpo no podría ser alma, puesto que el cuerpo no es una de las cosas que puedan ser atribuidas a un sujeto, desempeña él mismo el papel de sujeto y de materia.*

¿Para qué sirve que me atormente puesto que ya todo se ha consumado? Sólo puedo invocar al Creador de los mundos y esperar que nadie traduzca nunca mis Comentarios. El paso del árabe al latín no hará más que desformar mi pensamiento o, peor todavía, traicionarlo.

Mi tercer hijo nació al alba del 30 de octubre de 1168 de los latinos. Una segunda hija, a la que dimos el nombre de Salma, como su difunta abuela. Desgraciadamente, se murió apenas tres meses después de haber nacido. Una mañana, la descubrimos muerta en su cuna. Mi esposa dijo: «Dios la quiso». Le respondí: «No, Sarah, es que la enfermedad ha ganado». Insistió: «Nuestra hija ya está con el Todopoderoso».

Por educación, pero también por convicción, Sarah jamás ha querido compartir mis ideas, que consideraba ofensivas. Yo me daba perfecta cuenta de que mis explicaciones la trastornaban hasta el punto de hacerla llorar. Entonces adopté la recomendación de Hipócrates: *Si la mentira es útil al paciente a la manera de un medicamento, mentir se vuelve necesario.*

Estaba muy preocupado por la situación política que reinaba en al-Ándalus. Nos habíamos enterado de que, al sentir que su fin se acercaba, al-Mu'min había convocado a los jeques almohades que lo acompañaban. Les explicó que, tras haber puesto a prueba a su hijo mayor, lo había juzgado inapto para ejercer el poder. Les ordenó pues que le juraran obediencia a su otro hijo, Yúsuf. Los jeques aceptaron. Pero tras la muerte de su padre, el joven se había visto enfrentado a un grupo de oponentes y tuvo que batallar para imponerse.

En ese año de 1168, sus problemas estaban lejos de acabarse. Desde hacía algún tiempo, un antiguo oficial del ejército almorávide había encabezado una rebelión y, tras haber declarado obediencia al califato de Bagdad, se había impuesto en Murcia donde había establecido la capital del nuevo emirato. Ese hombre se llamaba Mardanís. Pertenecía a una familia de muladíes. Lo más preocupante era la alianza que ese individuo había establecido con los reyes cristianos. Reclutaba incluso mercenarios entre sus soldados. Hacía poco, había emprendido audaces expediciones en al-Ándalus y logró adueñarse de varias ciudades. Córdoba y Sevilla estaban amenazadas. Curiosamente, empezaron a verse juristas, sabios, o simplemente hombres y mujeres, hartos de la inseguridad que castigaba algunas regiones, que se refugiaban en las ciudades conquistadas, prefiriendo vivir a las órdenes de Mardanís en vez de obedecer al régimen almohade. Actitud incomprensible cuando se sabe que no solo Mardanís era irreligioso, sino que oprimía a sus súbditos imponiéndoles contribuciones extremadamente elevadas. No siento más que desprecio hacia ese «rey lobo», famoso por su extrema crueldad y por las orgías a las cuales se dedicaba en compañía de los jefes de sus mercenarios cristianos.

Vivíamos en un mundo cada vez más inestable y en el que reinaba la división entre árabes y beréberes, mientras que, en paralelo, los reyes cristianos unían insensiblemente sus fuerzas para conquistar de nuevo los territorios que ocupábamos desde hacía casi cinco siglos. En buena lógica, si nuestros príncipes persistían en su estúpida actitud, vendría un día en que nos echarían fuera de la Península y al-Ándalus no habría sido más que una cita fallida. No me atrevía a creerlo.

***

Acababa de tomar asiento entre mis alumnos, en el corazón de la Gran Mezquita. No había tenido nunca a tantos. ¿Cuántos eran? Más de treinta, seguramente. Pero no tenía ojos más que para mi hijo Yehád, sentado en la primera fila. Algunos días antes, había celebrado sus quince años y yo iba a zanjar los cuarenta y tres.

Al observar esta asamblea, no podía dejar de constatar hasta qué punto, en unos cuantos años, mi fama se había extendido a través de al-Ándalus. Pero no me dejaba engañar. A la luz del día, me saludaban, me elogiaban, hacían alarde de mis cualidades, mi ciencia, mi sabiduría, mientras que, en la penumbra de las alcobas, en las clases de algunos juristas o las de ciertos supuestos teólogos, deseaban que yo no hubiese nacido. Creo, sin embargo, haber sido hasta entonces, muy precavido. Evitaba las respuestas que chocaban, evitaba también confiar a los copistas algunos de mis escritos, como mis dos tratados sobre *el intelecto separado del hombre* y un libro sobre *la locura que radica en dudar de los argumentos de los filósofos relativos a la existencia de la materia primera*. Cuando ya no tema por mi familia, se los entregaré al público.

Hasta ese día había escrito quince obras filosóficas, otras tantas sobre medicina, cuatro antologías de teología, una decena sobre jurisprudencia, cuatro sobre astronomía y dos sobre gramática.[55] Pero no representan más que una ínfima parte de los temas que me gustaría tratar, si mi salud me lo permite. Desde hace algunos meses, siento que ya no soy el hombre que era en mi juventud. Mis huesos me hacen sufrir, cada movimiento que hago desencadena en mí intensos dolores. Se trata, al parecer, de *Arthritis,* una enfermedad que se manifiesta con motivo del cambio de una estación a otra, cuando el cuerpo pasa del invierno al verano, en el momento en que la pituita, uno de los cuatro humores, predomina sobre los demás.[56] Lo que me preocupa es su precocidad. Solo la había diagnosticado en ancianos.

—Maestro, ¿puedo hacer una pregunta?

Sumergido en mis pensamientos, había olvidado la presencia de mis alumnos.

—Sí. Te escucho.

—¿Es cierto que, un día, ha declarado, hablando de Aristóteles, que era más digno de ser calificado de divino, que de humano?

—Exacto. Porque ese hombre fue canon en la naturaleza, un modelo que la naturaleza misma inventó para recordarnos que el grado supremo de la perfección humana es accesible en nuestro mundo material. Aristóteles alcanzó la cumbre de las capacidades intelectuales del hombre, y solo los poetas lo han superado. Considero que…

Un grito lanzado por mi hijo me interrumpió bruscamente. La frente de Yehád estaba ensangrentada. Me puse de pie, buscando con la mirada de dónde había venido la agresión.

---

55 Se puede consultar la lista exhaustiva de estas obras en el libro que Ernest Renan dedicó a Averroes: *Averroès et l'Averroisme,* publicado por primera vez en 1852, Ediciones Auguste Durand.
N. del T.: Almuzara publicó la traducción al español de este libro en 2017.

56 Averroes habla sin duda de reumatismo o reuma. Siendo la pituita esa secreción viscosa producida por las mucosas de la nariz o de los bronquios, los antiguos pensaban que los dolores articulares se debían al derrame de los humores que fluían de la cabeza hacia los miembros inferiores.

—¡*Káfir*! —gritó un hombre que esgrimía un bastón—. ¡Incrédulo!

Acompañado por una decena de otros individuos, venía hacia mí, amenazante.

—¡*Káfir*! —volvió a gritar.

Yo ya no escuchaba. Corrí hacia Yehád, averigüé que la herida era superficial y lo protegí con mi cuerpo.

El hombre, el cabecilla, se dirigió hacia nosotros.

—¡No hay sitio para los incrédulos en la mezquita de Aláh! ¡Abandona este sagrado lugar inmediatamente!

Sus acólitos formaban un círculo alrededor de nosotros. Algunos tenían piedras en sus manos, otros tenían puñales.

La mayor parte de mis alumnos, asustados, se habían retirado al fondo de la sala, los demás habían huido.

Miré al hombre.

—¿Hablas en nombre del Creador de los mundos o en el tuyo?

—¡Aláh maldice a los infieles! ¡Tu lugar está en el infierno!

Repliqué:

—¡El infierno es para los que practican la injusticia!

—¡Sal de aquí! ¡Blasfemo! —rugió el cabecilla al tiempo que alzaba su bastón, dispuesto a pegarme.

Pensé en Yehád. Si me enfrentaba a estos locos, corría el riesgo de poner su vida en peligro. Por otra parte, ¿hubiera podido? Lo cogí, pues, por la mano y, lentamente, me dirigí a la salida.

Cuando estuvimos en el patio de las abluciones, me volví.

Mis agresores estaban en el umbral, observándome.

En sus miradas, leí todo el odio que nace de la ignorancia.

—¿Por qué te odian? —preguntó Yehád.

XXIII

La noche estaba muy avanzada cuando un estruendo sordo, aterrador, subió de las entrañas de la tierra. El suelo bajo mis pies empezó a temblar tan violentamente que mis estanterías y los libros que estaban encima se vinieron abajo. La casa entera estaba invadida por crujidos y alborotos. Me levanté, el suelo ondulaba bajo mis pies, como si unas olas hubiesen sustituido la piedra o que una monstruosa vida estuviese intentando liberarse de la tierra. No sé cómo logré salir de la habitación. Cuando estuve en el exterior, todo se paró. El estruendo se calló. No se oía más que el silencio, interrumpido por los gritos de Sarah y los niños.

Corrí hacia el dormitorio. Mi esposa estaba acurrucada en un rincón con Yehád y Zeinab abrazados a ella.

Yehád balbuceó:

—¿Qué ha sido eso, padre?

—Un terremoto. Pero no te preocupes; es…

El suelo volvió a temblar. Esta vez, creí que la casa iba a derrumbarse sobre nosotros.

Grité:

—¡Rápido! ¡Debajo de la cama!

Obedecieron. Hubo una nueva tregua. ¿Cuánto tiempo iba a durar?

—Dios todopoderoso —gimió Sarah—, ¡piedad! ¡Nuestros hijos, no!

Me deslicé cerca de mi mujer y mis hijos y esperamos, inmóviles, helados de pavor. En ese momento, me acordé de un antiguo cuento persa que decía que la Tierra descansaba sobre uno de los cuernos de un toro, en alguna parte del universo y que, cuando el animal consideraba que había demasiadas injusticias entre los hombres, se enfurecía y arrojaba al planeta de un cuerno al otro.

Finalmente, no hubo una tercera sacudida. Deduje de ello que la ira del toro se había calmado.

—Creo que el peligro ya ha pasado. Venid.

Fuimos al salón donde nos esperaba un espectáculo de desolación. Una mano invisible había barrido los objetos, tirado mesas y sillas. Los azulejos que cubrían la parte de abajo de los muros se habían hendido de abajo hacia arriba, y el suelo en algunas partes estaba agrietado.

De la calle subían murmullos, gritos y sollozos.

Ordené:

—No os mováis. Voy a ver si mi padre y mis hermanas están a salvo.

—Cuídate —suplicó Sarah.

Recuperé la alforja de piel en la que guardaba mis instrumentos y mis ungüentos y salí. Inmediatamente fui sorprendido al comprobar que, si algunas casas ya no eran sino un montón de piedras, la mayor parte sí había resistido. Había pensado que podía ser mucho peor.

Algunas personas que habían escapado de las habitaciones corrían hacia el Gran Río, otras andaban con la mirada perdida, cubiertas de polvo. Una mujer, con un bebé entre los brazos, lloraba en medio de la calle. Me arrodillé delante de ellos.

—¿Estás herida? ¿Qué te duele? ¿Y tu hijo?

A modo de respuesta, la mujer me enseñó con el dedo una construcción de la que no había quedado casi nada. Balbuceó:

—Mi marido… está allí…

Quise ayudarla para que se levantara, pero su ser entero se contrajo violentamente.

—¡No! ¡Mi marido!

Entonces corrí hacia los escombros.

No me imaginaba ni un instante que alguien hubiese podido sobrevivir debajo de aquel montón de piedras. Dejé mi alforja en el suelo y, mal que bien, empecé a desplazar las piedras. Un desconocido vino a ayudarme. Repetía como una letanía:

—¿Hay alguien? ¿Hay alguien?

Sus llamadas no tuvieron ninguna respuesta.

Al cabo de una hora, agotado y reducido a la impotencia por el peso y la talla de los bloques de piedra, desistí.

—Se ha acabado. No hay nada que hacer. Volveremos al alba con más gente.

El desconocido aceptó con un gesto de la cabeza, resignado.

—*Mektúb*. Si está aún vivo, lo estará todavía dentro de unas horas.

Recuperé mi alforja. Volví a donde estaba la mujer y el niño y los llevé a mi casa. Se los confié a Sarah luego salí rumbo a la casa de Malika.

A lo largo del camino, solo había caras aterrorizadas. Pero, curiosamente, eran pocos los edificios destruidos y la Gran Mezquita parecía intacta.

Cuando llegué al umbral de la casa de Malika, la puerta estaba medio rota. La desplacé despacio para que no se rompiera del todo. No había ni un ruido ni un asomo de voz. Solo el silencio. Un silencio que contrastaba con el tumulto de la ciudad. Cuando estuve en el interior vi a mi hermana y su hijo.

Estaban inclinados sobre el cuerpo de mi padre.

Fui presa de un tremendo temblor. Mi cerebro me decía una verdad que mi corazón rechazaba. Me arrodillé. Mi padre ya no respiraba. Sus ojos abiertos miraban el infinito.

No tenía ninguna herida. ¿De qué se había muerto? El miedo, sin duda, conjugado con la fragilidad de la vejez.

Mi madre me había dado la vida. Mi padre, al abandonarme, me quitó parte de ella. Estoy convencido de que, a partir de esa noche, no he vuelto a ser el mismo hombre. Me consolaba diciéndome que había tenido la suerte de tener a mi padre conmigo durante más de cuarenta años. Una suerte que no es dada a todos. Por lo tanto, yo que siempre he tenido la convicción de que Dios no conocía a los individuos singulares y solo al universo en su globalidad, me sorprendí a mí mismo rogando para que no me quitara demasiado pronto a Zeinab y Yehád.

Esta noche, en mi habitación de Marrakech, sé que me concedió lo que le pedí.

¿Hacía falta aquel luto para que la fortuna se inclinara de mi lado? Seis meses después de la muerte de mi padre, fui convocado por el nuevo gobernador de Sevilla, Mohammad al-Amín. Me temía lo peor, pero lo mejor era lo que me esperaba.

Me acuerdo precisamente de la fecha puesto que no estaba muy alejada de la muerte de mi padre: 3 de noviembre de 1169 del año latino.

Esta vez no fui recibido en el *hammám,* sino en una sala decorada con suntuosos mocárabes. El gobernador no estaba solo. Había dos hombres a su lado. Uno de ellos tenía en sus manos lo que me pareció ser ropa.

—La paz sea sobre ti, Ibn Roshd —me dijo Mohammad al-Amín sin dejar su sillón.

Aunque hubiera querido hacerlo, tal movimiento le habría sido difícil sin ayuda. En toda mi vida, jamás había visto a nadie tan obeso. Su panza engullía su pecho y subía hasta el cuello; un cuello que desaparecía entre sus hombros.

—La paz sea sobre usted, Excelencia.

Empezó a hacerme preguntas de conveniencia sobre mi familia y mi salud, y cuando le anuncié el fallecimiento de mi padre, adoptó un aire entristecido para pronunciar la fórmula usual:

—*Aláh irahmú.* Que Dios se apiade de él. A Él pertenecemos y a Él volvemos.

—*Ámín.* Así sea.

Estuvo un momento silencioso, como concentrado en sus pensamientos, antes de retomar la palabra, esta vez con un tono solemne:

—Tenemos buenas noticias para ti, Ibn Roshd. Por orden de nuestro bienamado califa, y a partir de hoy, ¡eres cadí de Sevilla!

El primer pensamiento que atravesó mi espíritu fue para mi padre. «Has heredado cualidades de tu abuelo —me había dicho cierto día—. Tienes madera de futuro cadí». Entonces yo no estaba muy convencido de que ello pudiera ser cierto.

Me incliné, con la cabeza agachada hacia el suelo.

—Se lo agradezco, Excelencia. Y las gracias le sean dadas al bienamado califa, Yúsuf.

La idea de declinar este nombramiento no se me había pasado por la mente. Conocía la ley. Estipulaba que el consentimiento del futuro cadí no era necesario. Su nombramiento era una orden y, en caso de necesidad, si no aceptaba el nombramiento, podía ser multado, encarcelado y golpeado hasta que obedeciera.

Lo que me sorprendía era la elección de mi persona. Por regla general, el califa no nombra más que a jueces del mismo rito que el suyo. Sin embargo, yo pertenecía al rito malekí, y Yúsuf al de los ash'aríes. Bien es verdad que yo no ignoraba que podía ser, como todos los jueces, revocado en cualquier momento, sin formalidades, puesto que no existía separación alguna entre el poder ejecutivo y el poder judicial.

Por haber sido testigo del trabajo de mi padre, tenía plena conciencia de que la tarea que me esperaba era infinitamente compleja. Me incumbía impartir justicia entre los individuos, hacer cumplir mis sentencias, controlar la actividad de mis delegados y la de los muftíes. El tribunal debía estar abierto al público. estaba prohibida la presencia de un alguacil que impediría a la gente asistir a la audiencia. Estaba terminantemente prohibido al cadí favorecer alguna de las partes, en cuanto al lugar que atribuiría a unos o a otros, a las palabras y las miradas que tuviera que dirigirles. Tampoco podía pronunciar juicios en determinadas circunstancias: si estuviese enfermo o si estuviese enojado, o demasiado triste o demasiado alegre, o presionado por necesidades naturales, o si estuviese en estado de acentuada libidinosidad, o si estuviese atenazado por el hambre o la sed, o si tuviese sueño. Y, evidentemente, debía permanecer honrado, rechazar regalos e invitaciones interesadas. Pero, por encima de todas estas exigencias estrictamente jurídicas, existía un elemento de índole práctica: debía trasladarme, dejar Córdoba para vivir en Sevilla. Tal perspectiva no es que me encantaba.

Mientras estaba enredado en mis reflexiones, el hombre que tenía la ropa en sus manos se acercó a mí y me entregó un vestido suntuoso de seda y un tailasán blanco, un velo que cubre la cabeza y baja hasta los hombros. El vestido tradicional de los cadíes. Confieso haber experimentado un sentimiento de orgullo y también un gran alivio: una agresión física como aquella de la que había sido víctima en la madrasa en presencia de mi hijo era poco viable. A partir de ese momento, el o los que se atreviesen a ignorar mi nuevo estatuto correrían el riesgo de verse condenados a la pena de muerte.

—Haz un buen uso de este título —añadió el gobernador—, y que Aláh te guíe cuando tengas que pronunciar tus sentencias.

—Me comprometo a estar a la altura del insigne honor que me es concedido, Excelencia.

—No dudamos de tu éxito, Ibn Roshd. En el pasado, tu abuelo, como tu difunto padre (Aláh le tenga en su seno), fueron cadíes ejemplares.

Pregunté:

—¿Tenemos noticias de nuestro califa? ¿Está en Marrakech?

—No. Está librando batalla en las afueras de Murcia. Sabrás seguramente que ese hijo de perra de Mardanís sigue resistiéndonos, pero ya no por mucho tiempo. Hace algunos días, su yerno, hasta entonces su aliado más fiel, nos ha restituido Segura y Jaén, de las cuales era gobernador. El fin de Mardanís es cercano.

Dio un par de palmadas al mismo tiempo que gritó:

—¡Té!

Ignoro por qué, rectificó:

—No. Infusiones de hibisco.

***

Dos semanas más tarde, me instalé con mi mujer y mis dos hijos en una casa, no lejos del tribunal donde iba a ejercer mi nueva función. Contrariamente a lo que me esperaba, Sarah estaba maravillada. Sucumbió rápidamente a los encantos de Sevilla. Juraba no haber visto nunca una variedad tan grande de flores y de plantas y le gustaba citarme el mirto, la margarita, la violeta, el lirio azul, el clavel amarillo, los granados, los perales, los higos, los dátiles, las cerezas, y otros muchos que no recuerdo. Cuando le recordaba que en Córdoba teníamos las mismas flores, los mismos frutos, me acusaba de actuar de mala fe.

Todos los días, de vuelta del zoco, se traía una nueva anécdota: «¿Sabes lo que los sevillanos dicen de una granada madura? Que abre la boca como un león para mostrar sus dientes colorados de sangre. Y Abú al-Hasan, el verdulero, me explicó que las manzanas rojas son aquellas que experimentaron desconcierto en el momento de un encuentro amoroso con otra manzana, y que las amarillas son las que experimentaron el dolor de la separación».

¿Qué podía contestarle? Estaba tan feliz.

Pero la verdad es que aprendí a amar Sevilla. Un poco como Córdoba, la ciudad se había hecho, ella también, con una yuxtaposición de caras, palabras, olores, de fragmentos de otras ciudades posibles. Como en Córdoba, había un barrio para los judíos. Los curtidores y los alfareros tenían el suyo fuera de las murallas. Cada oficio disponía de una calle o un zoco que llevaba su nombre: pergamineros, libreros, silleros, fabricantes de herramientas de madera, sastres, ropavejeros, mujeres de casas de lenocinio. Al este de la Gran Mezquita, se encontraban las tiendas de los mercaderes opulentos y los almacenes de seda, grandes edificios de muchas plantas que daban a un patio rodeado de galerías y cuyas habitaciones de arriba estaban destinadas a alojar a los viajeros, y escondían también a veces casas de mala vida. De hecho, Sevilla ofrecía una opulencia de la que carecía Córdoba. Nada extraño en ello, puesto que, recién llegados del Magreb, los almohades habían decidido hacer de ella su capital.

Había también otro punto común con Córdoba. Aquí también, debido a la estrechez de las calles, los hombres y las mujeres se rozaban al cruzarse sus caminos, a menudo voluntariamente, y de ese efímero contacto de los cuerpos brotaban emociones impregnadas de una sensualidad igualmente efímera.

Con cuarenta y tres años, empezaba yo una nueva vida.

Aproveché mi estancia en Sevilla para redactar varias obras, entre las cuales está mi *Comentario sobre los tratados de los animales,* las *Segundas Analíticas* y el *Tratado decisivo.*

A mediados del mes de febrero de 1171, el califa llegó a Sevilla, encabezando un ejército numeroso, cargada de máquinas de asedio y armas de todo tipo. Me mandó convocar al día siguiente de haber llegado. Ocho años habían transcurrido desde nuestro primer encuentro en el *hammám*. El que tenía enfrente ahora no era el mismo personaje. Los rasgos de su cara se habían reafirmado, se había consolidado su confianza en sí, la misma que confiere el ejercicio del poder. Lo conocí gobernador de Sevilla, ahora era Emir de los creyentes.

—¡Salám, Ibn Roshd! —exclamó el califa colocando su mano derecha sobre el pecho, y, actitud inimaginable, avanzó hacia mí y me dio un abrazo.

Luego me invitó a sentarme y me presentó un hombre que estaba a su lado:

—Es mi hermano, Osman. Nos va a librar de ese Mardanís, ese seudo «rey lobo» que en realidad no es más que un alacrán.

Al hilo de la conversación, comprendí que se estaba preparando para el asalto a Murcia, donde el rebelde se había encerrado con sus tropas.

Durante nuestro intercambio, que duró más de dos horas, pude observar que la sed de conocimiento de Yúsuf y su necesidad de encontrarse con sabios, pensadores e incluso poetas, se habían incrementado desde nuestro primer encuentro. Era lo que explicaba sin duda que, una semana antes, había designado como médico personal a mi antiguo maestro, Abubácer. No hubiera podido elegir a nadie mejor que al autor de *Viviente hijo del despierto*.

En algún momento, el hermano del califa intervino para decirme:

—El Emir de los creyentes está tan ávido de aprender que a veces elogia sin moderación a personas que aún no se han distinguido por sus obras o por sus talentos y los coloca bajo su protección.

El califa replicó:

—¿Qué tiene de extraño ir hacia un hombre capaz para elevarlo? ¡Lo que no tiene sentido es elogiar a un muerto!

Hay que animar a los vivos que muestren disposiciones. Luego, ¿acaso es protección acudir a ayudar a un amigo digno de ayuda? Es una evidencia. ¡Su derecho es demasiado claro y demasiado sólido como para necesitar ayuda! ¡No, solo si se trata de un hombre sin consistencia es cuando se puede hablar de protección!

Cuando nos separamos, el cielo de Sevilla se estaba tiñendo de púrpura.

Algunos meses más tarde, la noticia de la victoria de Yúsuf resonó por la ciudad. El choque entre el ejército almohade y el de Mardanís se había producido en los alrededores de Murcia. El «rey lobo» fue vergonzosamente derrotado y forzado a volver a encerrarse en la ciudad. Poco después habría muerto por una causa desconocida. Parece ser que, antes de cerrar los ojos, aconsejó a sus hijos que entregaran las armas y se sometieran al Emir de los creyentes, de lo contrario serían exterminados. Cosa que hicieron. Luego, el califa reanudó su marcha para enfrentarse al rey de los cristianos Alfonso I. Ignoro los detalles de esta nueva guerra. Sólo sé que los dos hombres concluyeron una tregua de siete años.

Hacia finales del año 1171, cuando empezaba a entregarme a los encantos de Sevilla, un pliego del gobernador me anunció que me habían nombrado cadí de... ¡Córdoba! Mi estancia en Sevilla no había durado más de dos años. Volver a Córdoba no me disgustaba: iba a poder encontrarme de nuevo en mi casa y, sobre todo, con mis libros que echaba cruelmente de menos.

Es extraño como los títulos y las funciones trasforman la mirada de los que, un día antes, menospreciaban a uno. De la noche a la mañana, yo era temido y respetado. Sobre todo, temido. En el mundo de los poderosos, el respeto de los demás hacia uno no suele ser, la mayor parte del tiempo, sino consecuencia del miedo que uno les infunde.

Jamás he apreciado el poder y menos aún a aquellos que sueñan con adquirirlo. Bien pocos son los hombres que no han querido acceder a las más altas funciones más que por amor hacia sus pueblos, por su bien, para permitirles acercarse a algo que se parece, si no a la felicidad, que es una ilusión, al menos al bienestar. Siempre es la vanidad y el orgullo los que predominan, cuando no es la sed de sangre. Nuestros príncipes se aman a sí mismos con un amor sin igual.

¿Qué pasó desde que Táriq y su ejército pusieron sus pies hace más de cuatro siglos en tierra de al-Ándalus? Las rivalidades se habían exacerbado, los emiratos han sucedido a otros emiratos, los califas a otros califas, y nuestras divisiones se han perpetuado. Afortunadamente, el saber, él, es inmutable.

XXIV

Más de un siglo y medio después de la muerte de Averroes
Venecia, 1367 de la era latina

El sol que iniciaba su carrera hacia las lagunas, iba dejando tras él una estela de tono pastel que se demoraba sobre las cúpulas y los tejados cobrizos.

Sentado en una mesa de un albergue cerca de la plaza San Marco, Francesco Petrarca escuchaba, boquiabierto, el discurso de Ricordano Fiorentino. Acababa de leerle la primera Epístola a los Corintios.

—Es libre de refugiarse detrás de sus doctores de la Iglesia —prosiguió Ricordano—. Pero, por mucho que le disguste, ¡su san Pablo no es más que un sembrador de palabras!

Petrarca replicó:

—Pese a que puede decepcionarlo, la semilla que sembró ya floreció, cultivada por sus sucesores, regada por la sangre de los mártires. Y produjo abundante cosecha.

Ricardo adoptó un aire afligido.

—*Signore* Petrarca, es usted un buen cristiano, un hombre de calidad. Pero persisto en decir que su Pablo, su Agustín y todos los demás a quienes enaltece, no eran más que charlatanes. Escritorzuelos encerrados en dogmas totalmente superados. ¡Ah! ¡Si pudiera leer a Averroes! Vería cuán superior es a toda esta gente.

Lívido, Petrarca dio un salto tan violento que la silla dio un vuelco.

—Usted es el reflejo del mundo en que vivimos. Sediento de cosas inéditas, se aferra a algunas doctrinas solo porque son nuevas. ¡Así es como el blasfemo crece todos los días y las escuelas, las plazas, las calles están de ello repletas!

De vuelta a su casa, Petrarca se dejó caer en un sillón. A la vez humillado y enfurecido.

No dudaba de que aquella peste averroísta tenía su fuente en el seno de la universidad de Padua a causa de individuos como el siniestro Pietro d'Abano, ¡mitad médico, mitad filósofo! Afortunadamente, el tribunal de la Inquisición había tomado medidas.[57] Estaban también esos adoradores de Aristóteles. Esos escribientes de pésima elocuencia, esos fariseos incapaces de hallarle una forma adecuada a la verdad. ¡El aristotelismo se había convertido en una herejía que se jactaba de no tener otra ley que la ciencia y la razón! Sus partidarios no eran sino idólatras que habían hecho de la filosofía griega su Dios. Aristóteles fue seguramente un gran sabio, pero era antes que nada un hombre, y en tanto que hombre pudo por consiguiente ignorar muchas cosas. Incluso estaba completamente equivocado. No solo en asuntos de poca importancia, donde el error en sí no importa y no representa ningún peligro, sino en los asuntos más esenciales también, aquellos que conciernen la salvación eterna. Ignoró tanto la verdadera felicidad que cualquier vieja que recita sus plegarias, cualquier pescador o pastor de ganado, cualquier campesino, no solo es más sutil en el conocimiento que tiene de ella, sino sencillamente más feliz.

Aristóteles vio la felicidad como la lechuza ve el sol, es decir que sólo vio de él la luz y los rayos sin verlo. «He aquí

---

57 Acusado de herejía, se le reprochaba negar la existencia de los demonios y los espíritus. Afirmaba también que el diluvio no era una acción de Dios, sino un acontecimiento natural.

por qué —pensó Petrarca— me injurian». Porque me niego a adorar al griego como lo adora ese perro rabioso Averroes que, empujado por un furor execrable, ¡no cesó de ladrar contra Cristo y la religión católica!

¡Lejos de mí esos árabes! ¡Odio la raza entera de los árabes! No podrán convencerme de que de ellos pueda venir nada bueno. Los griegos establecieron las bases de la medicina, y los árabes, pésimos médicos, deberían de ella ser desterrados. No encontraron nada, pero cual arpías, robaron a los griegos y contaminaron todo lo que tocaron, profesando una admiración sin límites hacia Averroes, que prefirieron a Cristo. Este individuo contamina con su veneno a sus admiradores cristianos.[58]

Petrarca rezó en voz alta:

—Pero Tú, oh Dios mío, Señor de las ciencias, Tú que eres solo y único, Tú que debo y *quiero* poner por encima de Aristóteles y Averroes y de todos los filósofos y poetas, por encima de cualquiera que se jacte de decir cosas sublimes, por encima de las letras, las doctrinas y de todas las cosas, es en Ti en quien quiero pensar, de Ti de quien quiero hablar. Aléjense de mi boca mis antiguas palabras y que mis pensamientos te sean dedicados.

---

58 Extractos de *Lettres de la vieillesse*, «Mon ignorance et celle de tant d'autres» (*Cartas de la vejez*, «Mi ignorancia y la de tantos otros»), París, Les Belles Lettres.

XXV

Sevilla, Córdoba, de nuevo Sevilla adonde volví en los primeros meses del año 1179, esta vez con el título de Gran Cadí.

Gran Cadí. El honor supremo.

Estábamos en 1182. Los presentimientos de mi padre jamás hubieran resultado tan ciertos y nunca yo hubiera imaginado acceder a tan alto cargo en el seno de un poder del que sabía que algunos miembros no me llevaban en el corazón. Debía estos favores al califa Yúsuf, y no podía más que dar las gracias a Dios por su protección.

Caí gravemente enfermo la noche del mismo día en que volví a Córdoba. Mis labios y mis encías se volvieron lívidos. Mi corazón parecía haber adquirido una irritabilidad excesiva. Mi pulso aceleraba, se duplicaba y se triplicaba con el menor movimiento, la menor emoción y temblaba de fiebre con escalofríos nocturnos que me dejaban agotado por la mañana. Esta extraña enfermedad resistió durante más de tres meses a los tratamientos más severos, tanto las preparaciones de quinina como las infusiones de gran centaurea.[59] Y una mañana, el mal abandonó mi cuerpo de la misma manera que había entrado en él.

---

59 Más conocida con el nombre de arándano de la montaña o arándanos del campo. Estimula la secreción de jugos digestivos y puede tener un efecto antiinflamatorio y analgésico.

Sin embargo, el hecho era que, desde esa enfermedad, estaba constantemente agotado. Jadeaba al andar. Al cabo de pocos pasos, por motivos que no me explicaba, se me cortaba el aliento. Estaba feliz de que Sarah estuviera omnipresente, todo el tiempo a mi lado, sin una queja, sin una protesta. Sin embargo, no se me había escapado que nuestras idas y venidas a Sevilla la habían agotado. Incluso mis hijos, que ya no eran niños, estaban cansados de aquellos viajes.

Con veintiocho años Yehád seguía estando soltero. Sin duda, había heredado de mí esa necesidad imperiosa de aprender, de leer. En cuanto a Zeinab, a diferencia de su madre, no me preocupaba que a los veintiún años no se hubiera casado. ¿Para qué precipitarse? Y no quería tampoco imponerle un marido, fuera el que fuera.

Yehád y yo teníamos conversaciones no desprovistas de interés; me hacía regularmente preguntas sobre mis escritos, mi visión del mundo, la teología, y me aportaba a menudo el esclarecimiento de su juventud. Me sorprendió especialmente el día en que, mientras hablábamos de las relaciones entre el alma y el cuerpo, hizo esta definición: *pensándolo bien, sin alma, el cuerpo no sería nada más que un cuerpo. Algo así como una estatua o un dibujo. No obstante, sin el cuerpo, el alma no podría existir puesto que el cuerpo le aporta los instrumentos necesarios para que funcione. El alma sería pues de alguna manera el acto de su cuerpo.* Me apresuré a preguntarle si había leído *De Ánima*. Para mi sorpresa, me respondió negativamente. No obstante, sus palabras eran similares, aunque con algún matiz, a las de Aristóteles. Fue en ese momento cuando una idea germinó en mi mente: «¿No sería imposible que este pensamiento, este intelecto universal sea el continente de todos los intelectos del mundo, y que, por relámpagos, las parcelas de un genio se difunden en nosotros, sin que lo sepamos?». Y así volvía a mi conclusión: la muerte no es el final del pensamiento. Es el final del hombre.

No me dejo engañar. Tengo conciencia de que mis teorías trastornan los dogmas tanto del islam como del cristianismo. Pero ¿qué son los dogmas sino la voluntad de los demás de imponernos su pensamiento?

El 3 de abril de 1182, Sarah me despertó cuando el alba apenas estaba despuntando.

—Acaba de llegar un pliego. Me lo ha entregado un mensajero del gobernador. He pensado que podía ser importante.

Me levanté con el espíritu todavía confuso por una noche de insomnio; una más.

Cogí la carta de las manos de Sarah y busqué la firma del remitente: Abubácer.

Marrakech, 20 de marzo de 1182[60]

Salám, Ibn Roshd,

Ante todo, déjame felicitarte por tu nombramiento en el cargo de Gran Cadí. Es muy merecido. Si Aláh no da más que a los merecedores, eres, de lejos, el más digno de sus favores.

No ignoras que desde hace casi seis años soy el médico personal de nuestro califa Yúsuf. No obstante, me estoy haciendo viejo, querido amigo. Dentro de algunos días, cumpliré setenta y dos años y mi cuerpo no deja de recordármelo. Si mi memoria no me traiciona, tienes veintiséis años menos que yo. Estás, pues, perfectamente apto para tomar mi relevo. He dado mi dimisión y he propuesto tu nombre al califa. Ha aceptado

---

60 A aquellos que se sorprendieran ante la distancia relativamente corta entre la fecha de envío de la carta y la de su recepción, hay que recordar que, a partir de la segunda mitad del siglo VIII, los árabes habían descubierto que las palomas mensajeras podían llevar a cabo un sistema postal. Abundaban los palomares en todas las grandes ciudades del imperio islámico, de forma que, a modo de ejemplo, hacía falta solo un día para llevar una carta del Cairo a Damasco y a la inversa.

enseguida. Eres bienvenido. Parece ser que el Emir de los creyentes ha conservado un recuerdo luminoso de vuestro breve intercambio en Sevilla. Al parecer, habíais hablado de mi libro, *Viviente hijo del despierto* y tus explicaciones le dejaron una fuerte impresión.

No me atrevo a creer que rechazarás mi propuesta.

Te informo que he redactado un tratado de medicina que no me atrevo a comparar con el de Avicena. Lo componen doscientos cincuenta capítulos y más de siete mil versos. Cuando vengas a Marrakech, lo someteré a tu criterio para que me des tu opinión.

Si esta perspectiva puede tranquilizarte, te informo que permaneceré en Marrakech y que tendremos la oportunidad de compartir momentos, de modo que te sentirás menos solo.

Espero tu respuesta con impaciencia. El califa no tiene fama de ser paciente.

Que la paz sea sobre ti.

Tu fiel amigo, Abubácer

¿Médico personal del califa?

¿Dejar a mi mujer y mis hijos? ¿Volver a viajar? Una vez más, el destino me imponía su ley. Sin embargo, ¿acaso no soy yo quien escribí que éramos dueños de nuestro destino?

—¿Entonces? —preguntó Sarah.

La cogí por la mano y la invité a sentarse a mi lado.

—Abubácer me propone sustituirlo como médico personal del califa.

Un ligero temblor la hizo estremecerse.

—¿En Marrakech?

—Sí.

—¿Y vas a aceptar?

—Podría declinar la oferta con la condición de asumir las consecuencias. Serían funestas. El califa tomará mi negativa por una ofensa. O incluso como una humillación.

Sarah confesó su impotencia.

—No tengo ningún poder.

—¿Me creerías si te dijera que no me gusta en absoluto este trastorno, y que incluso me aterroriza?

—¿Te aterroriza? ¿De qué tienes miedo?

—No soy capaz de definir lo que siento. Tal vez lo que temo es la idea de ir a vivir en el corazón mismo del poder. Entre los intrigantes y los cortesanos.

Me apresuré a añadir:

—Pero volveré, puedes estar segura. Volveré a veros cada vez que tenga la oportunidad de hacerlo. No quiero imaginar que el califa me imponga que lo siga en sus desplazamientos.

No me dejó continuar. Rompió a llorar, se abrazó a mí y su cara se apretó contra la mía. En ese momento, hubiera deseado haber vivido en la ignorancia, no haber dominado ninguna ciencia, no ser más que un hombre sencillo, un curtidor, un alfarero, un ropavejero, un campesino. No haber sido Abú al-Ualíd Mohammad ibn Ahmad ibn Roshd.

Dos semanas más tarde, emprendí la ruta por la que había transitado veinticinco años antes. Me acuerdo de las últimas palabras de mi hijo:

—Ve tranquilo, padre. Todo lo que me has transmitido está en mi corazón. Seré el guardián de nuestra familia.

La travesía del Estrecho fue aún más extenuante que la primera vez. Y cuando llegué a Marrakech, cerca de la ciudad roja, mi cansancio era tan grande que bajé de mi montura para acostarme sobre la arena, cerca de la imponente puerta del palacio, *Báb Agnáu*.

Aldebarán acababa de aparecer en el cielo nocturno cuando vi desfilar las estrellas catalogadas en el *Almagesto*.

De lo demás sólo tengo un difuso recuerdo. Unos guardias me habrían visto. Balbucí mi nombre. Me levantaron. Me llevaron al palacio y me dejaron sobre una cama. ¿Cuánto tiempo había dormido? ¿Horas? ¿Días? Cuando abrí los ojos, la cara de Abubácer estaba inclinada sobre mí.

—Bienvenido, amigo mío. Me has preocupado.

Me dio un vaso.

—Bebe.

—¿Qué es?

—Una poción mágica —bromeó—. Es zumo de granada. Si te dijera que tus uñas son tan blancas como tu cara y como el interior de tus párpados, que tu corazón es huidizo, que tienes vértigo, dolor de cabeza, fatiga persistente, ¿qué diagnóstico me propondrías?

—¿Etisia?[61]

—Perfecto. Serás un buen médico.

—Pero ¿en qué momento me has preguntado?

—Al día siguiente de tu llegada. Tranquilízate. Durante estos dos días, has hablado, has comido. Te he atiborrado de dátiles, de granos de sésamo, y de… zumo de granada. ¿Cómo te sientes ahora?

—Bien. Creo. Muy bien.

—Perfecto. Haz tus abluciones; volveré dentro de un momento para enseñarte esta ciudad que será la tuya.

Antes de retirarse, Abubácer estuvo mirándome fijamente un momento, luego dijo:

—Estoy contento de volver a verte, Ibn Roshd. El tiempo ha pasado, tenemos algunas arrugas más. Sobre todo, yo.

Luego puso la mano sobre el corazón y añadió con auténtica emoción:

—Pero, aquí dentro, nada ha cambiado.

***

---

61 Enfermedad que consume el cuerpo. Adelgazamiento progresivo.

—«Ve a Marrakech, perro, ¡y serás proclamado señor!»
—lanzó Abubácer mientras cruzábamos el enorme portal
que separaba la casba real de la ciudad—. Es un viejo dicho de la gente de aquí. Quiere decir que, en cuanto llega
a la ciudad, incluso una persona insignificante adquiere
importancia.

Alrededor de nosotros las murallas de arcilla sobresalían
bajo el firmamento. Bastante rápidamente, nos encontramos en un entramado de callejuelas cálidas y llenas de movimiento, donde reinaba un día suave, ondulante de polvo.
Luego apareció una avalancha de estrechas galerías, alcobas, muestrarios, gritos, cortinas y muros cubiertos de cal.
Aquí unos camellos, allí una fila de burros; el conjunto formaba un sombrío barullo en perpetuo movimiento.

—La alcaicería —dijo Abubácer—. El zoco más grande
del mundo. Desde aquí se exporta en especial el cuero, el
papel y el azúcar de caña.

De este último, Abubácer compró medio *ratl*[62] y me lo
ofreció.

—Pruébalo. Es suculento. Lo extraño es que los habitantes parecen preferir la miel de las abejas del Atlas, menos
cara sin duda. Solo utilizan el azúcar de caña los enfermos,
los extranjeros y las grandes personalidades.

El mosaico humano me pareció menos denso que el de
Córdoba; estaba compuesto esencialmente por beréberes
y árabes, aunque sí vi algunos judíos, reconocibles por sus
bonetes y sus vestidos de luto. Más tarde me iba a enterar
de que alrededor de ciento cincuenta mil judíos vivían en
Marrakech; o sea casi tantos como en mi ciudad natal. Creí
comprender que, al haberse convertido la ciudad en punto
de mira del imperio almohade, personas de toda índole,
notables, funcionarios, gente de a pie o ricos campesinos,
querían instalarse y vivir en ella.

---

62 Unos 300 gramos.

Abubácer me llevó luego a un jardín de gran belleza que me hizo el efecto de un oasis en medio del desierto, una especie de paraíso verde, que me recordó aquel que describe el Profeta: *los jardines del edén, en que entrarán, junto con aquéllos de sus padres, esposas y descendientes que fueron buenos. Los ángeles entrarán en donde ellos estén, por todas partes.*[63] Habían logrado sacar de esa tierra ardiente y arañada cientos de naranjos, granados, olivos, flores, al lado de un ejército de palmeras que se extendía al norte hacia la llanura, roja como las murallas. A ese lugar le habían puesto el nombre de Agdal.

—Pero, ¿de dónde viene el agua? ¿Cómo se irriga tanta flora?

—Han elaborado un sistema muy astuto que consiste en un encadenamiento de cubetas alimentadas por las aguas que bajan de las montañas. En verano, suelo venir a refugiarme aquí cuando el calor de mi habitación es demasiado denso. Te aconsejo encarecidamente que hagas lo mismo.

La sorpresa más grande me esperaba en la mezquita Kutubía. Su nombre se lo debía probablemente al centenar de libros que llenaban el atrio. El edificio estaba en plena reconstrucción, ya que Yúsuf había ordenado que fuera remodelado a fondo.

Cuando estábamos en el interior, Abubácer me llevó hacia un tabique móvil situado a la derecha del oratorio donde se sentaban habitualmente el califa y su séquito. No he podido cerciorarme de la veracidad de las manifestaciones de mi amigo. Según él, todos los viernes, aquel tabique, animado por no sé qué prodigio, se elevaba del suelo y volvía a bajarse al principio y al final de las oraciones. Pude admirar asimismo un pupitre extraordinario concebido para llevar un Corán decorado con piedras preciosas y esmaltes. Al parecer, al-Ma'mún solía llevarlo siempre con él en sus desplazamientos.

---

63 Corán, XIII, 23.

En el camino de vuelta, Abubácer me confió:

—Debes saber que, desde que sucedió a su padre, el califa se mostró como un protector de las artes. Sí. Es sorprendente viniendo de un almohade. Te puedo garantizar que no ha pasado ni un solo día sin que se vieran llegar al palacio pléyades de sabios, intelectuales, poetas de todo el Occidente musulmán. No tardarás en darte cuenta de ello por ti mismo. El califa nos está esperando.

XXVI

Yúsuf había cambiado más todavía. Ahora tendría cincuenta años. Había engordado un poco y su cara había perdido su luz juvenil.

—¡Salám, Ibn Roshd! Me hace feliz volver a verte y sobre todo ver que estás mejor, gracias a Dios.

—Se lo agradezco, señor. Ya estoy bien.

Añadí para Abubácer:

—He tenido un buen médico.

—Tienes razón. Un excelente médico. Te estoy agradecido por haber aceptado venir y me apresuro a tranquilizarte: no tendrás que preocuparte mucho por mí: enfermo escasamente. Aparte de algunos problemas causados por un exceso de *mudyabbanát*,[64] y una fístula mal situada, creo haber sido un paciente ejemplar.

Abubácer lo confirmó.

Nos sentamos sobre unos cojines en una sala que daba a un jardín del cual subía el murmullo de una invisible fontana. Los sirvientes nos habían servido té con jazmín y dulces. Una brisa templada hacía estremecerse las hojas de las palmeras. Hacía mucho tiempo que no había experimentado tal sentimiento de bienestar.

La conversación había continuado, ligera por momentos,

---

64 Buñuelos con queso blanco, remojados en miel y espolvoreados con canela.

cuando Yúsuf evocaba sus dieciocho hijos varones; seria en otros momentos, cuando hablaba de la situación política.

De repente, el Emir de los creyentes me lanzó una mirada que interpreté —equivocadamente— como inquisidora.

—Dime, Ibn Roshd, ¿cuál es la opinión de los filósofos sobre el cielo? ¿Piensan que es eterno o creado?

Fui presa de confusión y miedo al mismo tiempo. Una trampa, pensé inmediatamente. Ya me está tendiendo una trampa. Este es el motivo por el que me ha hecho venir, pretextando la sustitución de Abubácer. La pregunta que me hacía ¿acaso no estaba en el corazón mismo de mi filosofía? Esa misma pregunta que me había merecido tantas críticas y tantos oprobios. Era imposible que Yúsuf no lo supiera. Busqué el apoyo de mi antiguo maestro, pero parecía tan perdido como yo. Mentí:

—Señor, soy médico, poco sé de la *falsafa*.

Como si no hubiera comprendido o no hubiera oído mi respuesta, el califa se dirigió hacia un armario de madera preciosa lleno de manuscritos. Eligió uno, lo abrió en la página señalada con un marcapáginas y leyó:

—*Dios empezó componiendo el cuerpo del universo de fuego y tierra. Pero es imposible que dos cosas se junten bien la una con la otra sin una tercera: tiene que haber en medio un enlace que acerque los dos extremos y el enlace más perfecto es ese que de sí mismo y de las cosas que une, hace un solo y mismo todo.*

Citó:

—Platón. El *Timeo*. El griego profesa unas ideas muy extrañas. Enseña que Dios ha hecho el mundo por *bondad, y para hacer algo bello*. Admite un caos primitivo, lo cual Aristóteles ve como una leyenda. Tales también, reconoce un Dios supremo, organizador del mundo. En cuanto a Anaxágoras, declara que el mundo no se explica si no se le aúna la inteligencia. ¡Es para no entender nada, Ibn Roshd!

Pasé de la confusión al estupor. ¿Cómo es posible? Este hombre, este guerrero musulmán que poseía, no me cabía la menor duda, convicción religiosa, ¿este hombre leía a insignes autores paganos?

Volvió a sentarse.

—¿Y tú, Ibn Roshd, crees que el caos primitivo no es más que una leyenda?

Estaba yo vacilando de nuevo en contestar cuando me puso, familiarmente, la mano sobre el hombro:

—¡No me digas que se te olvidó nuestra conversación en el *hammám*! ¿Debo recordarte mis palabras, «un espíritu libre debe seguir siéndolo»? Te escucho.

Miré de reojo a Abubácer que me animó a su vez con un gesto discreto.

—Señor, estoy de acuerdo con Aristóteles cuando escribe que el mundo es eterno y que no fue creado en el sentido en que los hombres lo entienden. El universo está hecho a imagen y semejanza de su creador: no tiene principio ni fin. *Es* el Creador y el Creador *es* el universo.

—¿Quieres decir con ello que Dios creó un movimiento sin que éste fuera precedido de ningún otro movimiento? Eternidad de la materia, pues, y eternidad del movimiento.

—Sí.

—No niegas, pues, la existencia de Dios.

—En absoluto.

—Esta convicción se llama fe.

—No, señor, lógica. Cualquier instante supone un tiempo que lo precede, y no puede haber habido un instante que no hubiese sido precedido por otro instante. ¿Por qué un cuerpo se pone en movimiento en tal dirección y no en otra? Es porque lo empuja otro cuerpo, el cual es, a su vez, empujado y así sucesivamente. Pero las cosas no pueden moverse indefinidamente. Tiene que haber un primer cuerpo que haya empujado a los demás, sin haber sido empujado él mismo. Ningún cuerpo puede ponerse en movimiento sin que haya sido movido. Este principio es una verdad de experiencia. No hay, pues, ningún mundo creado. Y sí un creador.

El califa se quedó pensativo, mirando hacia el cielo.

—Muy bien —reanudó—; si el mundo es increado y eterno, ¿qué lugar ocupa en él este creador supremo?

—El primero.

—¿Y qué más? ¿Se preocupa por sus criaturas? ¿Por su suerte?

—No tengo certezas sino teorías. Elevado por encima de todas las demás realidades, Dios no puede pensar otra cosa que en sí mismo, que es lo más alto y lo más precioso que pueda haber. Dios no existe para el orden del mundo, sino que el orden existe gracias a él. En este momento de mi vida, no encuentro otra repuesta, señor.

Lanzó una risita.

—No dejarás, así lo espero, de compartir conmigo las que vengan.

Luego prosiguió:

—Me cuesta mucho comprender a Aristóteles. No sé si la traducción es la causa. Encuentro que su obra es densa, ardua, oscura. Quiera Dios que alguien pueda analizar estos libros y exponga claramente su contenido tras haberse impregnado él mismo muy bien de ese contenido, de forma que pueda hacerlos accesibles a todo el mundo.

Marcó una pausa, luego, sin dejar de mirarme, dijo:

—Tienes abundante material para hacer tal trabajo. Me gustaría que lo hicieras para mí. ¿Estás de acuerdo?

Vacilé, consciente de la complejidad de la tarea. ¿Comentar la obra de Aristóteles? ¿Cuánto tiempo me haría falta?

Repitió:

—¿Estás de acuerdo?

—Sí, señor.

Una chispa se encendió en los ojos del califa.

—Me haces feliz, Ibn Roshd.

Gritó una orden.

Casi simultáneamente, como salidos de la tierra, vi aparecer dos hombres. Uno traía una bolsa; el otro una pelliza.

Me las dieron. Por respeto, no miré el contenido de la bolsa hasta mucho después. Estaba llena hasta el borde de dinares de oro.

—Son regalos de bienvenida —explicó el Emir de los Creyentes—. No es todo. A tu disposición se encuentra una montura. Era mi propio caballo; es tuyo.

Me costó mucho encontrar las palabras justas para expresar mi reconocimiento. Las que logré pronunciar venían del corazón.

**

Me puse a trabajar esa misma noche. Escribía sin parar, no me interrumpía más que para ir a ver al califa cuando me mandaba llamar o para ir a respirar los perfumes del Agdal en compañía de Abubácer. Dos años me fueron necesarios para componer el *Gran comentario de la metafísica,* un volumen que titulé *al-Yauámi*[65] y que es un compendio de cada uno de los diecinueve tratados de Aristóteles. Luego redacté el *Gran comentario sobre el Tratado del cielo.* Apenas estaba en el inicio de un largo camino, el cual iba a conocer un trágico intermedio en el curso del mes de mayo de 1184 de los latinos.

Estaba en mi habitación cuando el chambelán del califa, un eunuco llamado Kafúr, llamó a mi puerta.

—¿Puede venir, por favor? Su amigo Abubácer no está bien. Quiere verlo.

Inmediatamente dejé mi cálamo y subí corriendo el pasillo que llevaba a la habitación de mi antiguo maestro. Al entrar, vi que Abubácer estaba tendido en su cama. Levantó

---

65 *Los Epítomes.*

lentamente la mano a guisa de saludo y la dejó caer tan pronto como la había levantado.

—Salám, Ibn Roshd. Espero que estés mejor que yo. Entra.

No me había sentado todavía cuando me advirtió:

—No estás aquí como médico, sino como amigo. Sé de qué estoy sufriendo, y conozco el remedio.

—Muy bien. ¿Puedes, al menos, compartir conmigo tu diagnóstico?

—El que hubiera establecido nuestro hermano Abenzoar que su alma descanse en paz: *Karkinos*. El mal se ha alojado en mi vientre. Tengo calambres abdominales. Estoy lleno de flatulencias. Después de haber sangrado abundantemente, llevo diez días sin evacuar mis heces. Y he perdido el apetito.

—Perdona, Abubácer, pero…

—Sé lo que estoy diciendo.

Me enseñó un bolso colocado encima de una mesa.

—En el interior, encontrarás unos frascos. Uno contiene hojas verdes. El otro, beleño negro. Los vas a machacar en un mortero hasta dejarlos polvo y los diluirás en un vaso de agua. Todas las mañanas me harás beber un trago.

—¿Qué son estas hojas verdes?

—Cicuta.

—¡No, Abubácer! Te matará. ¡En dos días te matará!

—O matará el mal que me roe.

Insistí con fuerza:

—Te matará. Hace algunos años, probé la cicuta sobre una paciente. Fue ineficaz. Si tu diagnóstico es bueno, ningún remedio te curará y la cicuta solo acelerará el término fatal.

—Ibn Roshd, cálmate. Soy un anciano. Le he dado la vuelta a mi vida. Me he acercado a todas las ciencias y les he dado la vuelta también. No tengo ni mujer ni hijos que me lloren. Nadie. La ventaja de este tratamiento es que nos demostrará si estoy equivocado o tengo razón. Si tengo razón, ¡cuántas vidas podrán ser salvadas! Te lo ruego, haz lo que te pido.

¿Cómo podía oponerme a su voluntad? Obedecí.

Abubácer murió tras la segunda toma, después de haber sido presa de unos vómitos de materias parduzcas y con horribles convulsiones. Una hora antes de su muerte, murmuró con una pálida sonrisa:

—Podré averiguar antes que tú si Aláh se interesa por los hombres.

En su entierro, había solo dos personas: el nuevo visir, un joven de veinticuatro años, Almanzor,[66] que no era otro sino uno de los hijos de Yúsuf, y yo mismo. El califa estaba ausente. Había dejado Marrakech unos diez días antes para ir a librar batalla contra un rey cristiano.

No puedo describir el sentimiento de soledad en el que me hundí de repente. Mi pena era infinita. Abubácer me lo había enseñado todo, y tuve la impresión de que, al marcharse, no me quedaba nada de su enseñanza.

Quebrado, desmoralizado, decidí irme a Córdoba, mi remanso de paz, para encontrar el consuelo de los míos.

---

66 En realidad, Averroes cita su verdadero nombre: Abú Yúsuf Ya'qúb Al-mansúr. Hemos preferido conservar sólo Almanzor para evitar cualquier confusión.

XXVII

La felicidad de encontrarme de nuevo con mi familia fue, desgraciadamente, de corta duración. El 2 de agosto, fui invitado a presentarme —una vez más— ante el gobernador. Mil pensamientos cabalgaban mi espíritu mientras estaba caminando hacia la casa del gobernador. ¿El califa habrá decidido prescindir de mis servicios? ¿O, peor, destituirme? Lo había imaginado todo, excepto lo que me estaba esperando.

—Ibn Roshd —dijo sin preámbulos el gobernador—, nuestro califa te pide que vayas a reunirte con él en Santarém.

—¿Santarém? ¿En el Gharb al-Ándalus?[67]

—Sí. Yúsuf asedia la ciudad. Reclama tu presencia. Dispondrás de una escolta. Las rutas del Gharb no son seguras.

Por pura formalidad, pregunté:

—¿Cuándo tengo que ir?

—Mañana.

***

---

67 Región del oeste de al-Ándalus, que corresponde más o menos al Portugal de hoy.

Ocho días más tarde, penetraba por primera vez en mi existencia en un campamento militar; un bosque de tiendas, vivaques, sables, caballos, hedor de muerte y sangre seca.

¿Por qué el ejército almohade se encontraba aquí, en los confines de al-Ándalus? Parece ser que, en un primer momento, Yúsuf había previsto conquistar al-Ushbúna.[68] Pero, antes de dar ese paso, era indispensable que se adueñara de la ciudad de Santarém. Tras una semana de asedio, lo había logrado. En un irresistible impulso, los musulmanes habían logrado destrozar las defensas cristianas. Sin embargo, la ciudadela seguía resistiendo. Una guarnición se había encerrado en ella y seguía resistiendo a nuestras fuerzas.

El califa estaba empezando a perder paciencia. Se le veía febril, irritable. A medida que pasaba el tiempo, no consideraba a sus generales más que como instrumentos ciegos de su voluntad; actitud difícilmente aceptable para unos viejos y aguerridos guerreros.

El 18 de julio, por motivos tácticos que ignoro, Yúsuf decidió desplazar la casi totalidad de su ejército al noroeste de Santarém. Le explicaron que estaba cometiendo un error. Le recordaron que unas tropas enemigas habían sido avistadas, encabezadas por un jefe cristiano que había adquirido el apodo de «Labrador»,[69] pero Yúsuf se obstinó e impuso su voluntad.

Ordenó a uno de sus generales, un tal Mohammad al-Madkúr, que se pusiera en marcha al alba. Sea por espíritu de revuelta, o porque había entendido mal las instrucciones, al-Madkúr no esperó el alba y, esa misma noche, cruzó el río. Luego, en vez de tomar el rumbo del noroeste, marchó hacia el sureste. En cuanto el pequeño grupo que había quedado rezagado fue informado de ese movimiento, cundió el pánico en los mandos y las órdenes del califa ya no fueron respetadas.

---

68 La actual Lisboa.

69 Averroes habla sin duda del futuro rey de Portugal, Sancho I.

Fue el momento que eligió el ejército cristiano para atacarnos. Al califa solo le quedaba su guardia y un pequeño destacamento. La sabiduría hubiera dictado batirse en retirada. Pero se negó.

Me encontraba a su lado cuando una flecha atravesó la tienda donde estábamos refugiados y vino a alojarse en el pliegue de su ingle izquierda. La arranqué inmediatamente y coloqué unas compresas de algodón sobre la herida para frenar la hemorragia. Sabía que aquello no iba a ser suficiente. Era indispensable suturar. Pero, en aquel tumulto, era imposible. Pedí entonces, que se evacuara al emir lo más pronto posible.

Lo colocaron sobre una angarilla y lo hicieron cruzar el río al abrigo de la amenaza cristiana. No lo dejé ni un solo instante, esforzándome en apaciguar sus sufrimientos deslizando entre sus labios granos de adormidera. Finalmente, llegados al pequeño pueblo de Almeirín, tomamos la casa de un habitante y, cuando nos preparábamos a instalar al califa en la única habitación, Yúsuf me cogió del brazo, y con palabras inteligibles intentó decirme algo, pero exhaló su último suspiro.[70]

Había perdido a mi protector, pero también a un amigo.

Acompañé los restos mortales del Emir de los creyentes hasta Sevilla. Lo colocaron en un féretro y fue transportado a bordo de una embarcación hacia el Magreb. Lo enterraron en Tinmel, entre la tumba de su padre, al-Mu'min, y la de Ibn Túmart, el fundador del movimiento almohade.

Al día siguiente, su hijo Almanzor fue designado como sucesor.

---

70 Parece ser que esta información es imperfecta. Es verdad que la encontramos en una obra publicada en 1893 en Argel, bajo la pluma de un historiador marroquí: Abd al-Uáhid Merrákechí o Marrákushí, que vivió en la época de los almohades. Sin embargo, no hay ninguna huella de la presencia de Averroes al lado del califa.

***

Después de seis meses pasados junto a mi familia, el nuevo Emir de los creyentes me reclamó a su servicio. Pero antes, gracias al cielo, pude aprovechar mi estancia para asistir al casamiento de mi hija. El hombre que ella había elegido no me disgustaba, aunque me parecía demasiado joven. Solo tenía veinticuatro años, uno más que Zeinab. En cuanto a mi hijo Yehád, persistía en el celibato. Mentiría si dijera que no sentí una punzada durante la ceremonia. Supongo que todos los padres experimentan la misma turbación al descubrir que la niña que habían tenido en sus brazos tanto tiempo se ha convertido en una mujer.

Mi salud seguía deteriorándose sin que pudiera determinar la causa. Pero trabajaba sin descanso. Al final del año latino 1188, había acabado prácticamente mi *Gran comentario de De Ánima.*

Día tras día, con el paso de los meses, iba constatando que el hijo del difunto califa demostraba estar a la altura de su padre. Al día siguiente de su entronización, encargó a un arquitecto oriundo de Toledo agregar un gigantesco minarete a la gran mezquita de Sevilla.[71] Se esforzaba tanto como podía para mantener el imperio almohade que ya se extendía por la totalidad del Magreb y la España musulmana. Con gestos sencillos, iba ganando el aprecio de su pueblo distribuyendo regularmente grandes cantidades de dinero entre los pobres, ordenando poner en libertad a los presos cuyos crímenes no eran graves y concediendo indemnizaciones a quienes el gobierno precedente hubiese perjudicado. Aumentó los sueldos de los cadíes y la paga de los soldados, haciendo numerosos viajes por el Magreb para cerciorarse de que sus órdenes habían sido respetadas. Edificaba hospitales, mezquitas, escuelas, caravasares,

---

71 Se trata probablemente de la célebre Giralda que no será acabada hasta 1198.

torres y puentes. Al igual que su padre, resultó ser un protector de las artes y del saber. En el año 1192 construyó una academia e invitó a numerosos sabios, cualquiera que fuera su origen. Me permití sugerirle que los dividiera en clases. Lo hizo. Nos reuníamos regularmente durante muchas horas y hablábamos de filosofía e incluso de astronomía.

Un día, su visir, un personaje de gran experiencia, me confió bajo el sello del secreto que Almanzor era hijo de una esclava cristiana llamada Suhir, y que había sido reconocido como heredero por orden de su padre, cuando no era el mayor de sus hermanos. Jamás he tenido la oportunidad de averiguar la autenticidad de sus palabras.

A partir del año 1195, el Emir de los creyentes se vio obligado a embarcar para al-Ándalus. Hacía meses que los ejércitos cristianos hacían incursiones en territorio musulmán: había llegado la hora de ponerles fin. Nada se supo durante más de un año. El 30 de julio de 1196 se extendió por todas partes la increíble noticia: un terrible enfrentamiento había opuesto las tropas almohades a las de un rey cristiano en un lugar llamado al-Ark.[72] Acabó con una tremenda carnicería. De los diez mil jinetes cristianos, solo quedaban despojos de cadáveres, a pesar de haber combatido con un valor ejemplar. Incluso hubo que arrancar al monarca del campo de batalla por la fuerza. Jamás la potencia de los almohades había sido tan grande.

Dos meses más tarde fue cuando me llegaron dos cartas.

Acababa de terminar el *Comentario medio,* los *Temperamentos,* los *Elementos* y otras dos obras: las *Facultades naturales* y *Fiebres.*

La primera carta estaba firmada por mi hijo y me anunciaba la peor noticia que pudiera castigar a un esposo: la muerte de su mujer. Zeinab se había muerto mientras dormía, vísperas de sus treinta y seis años. Casi me sorprendió

---

72 Averroes alude aquí a la famosa batalla de Alarcos que opuso las tropas de Almanzor a las de Alfonso VIII.

no caer sollozando como un niño. ¿Acaso era yo el único que vivía semejante tragedia? Era consciente de que éramos miles y miles, sin embargo, me parecía que era el único en experimentarlo tan dolorosamente. Dejé mi habitación y deambulé toda la noche como un fantasma por las calles de la ciudad, perdido, en busca de una mirada que pudiese parecerse a la de Zeinab.

La otra carta era de Ibn Maimún. Con ella venía un manuscrito: *La Guía de los perplejos*.

Fostát, 4 Tishiri 4957[73]

Hermano, amigo mío, Ibn Roshd,

Perdona mi largo silencio. Pero mi horario no me da tregua. Como te lo indiqué en la misiva anterior, vivo en Fostát, mientras que el sultán reside en al-Qáhira.[74] Necesito pues el doble de la distancia permitida un día de Sabbat (casi una milla y media[75]) para desplazarme de un lugar a otro. Presumo que has sido informado de la muerte de quien fuera durante muchos años mi ilustre paciente: Saladino. Murió hace tres años, en Damasco. Fue un gran hombre. Su hijo lo ha sustituido. Cada mañana, tengo que estar con él a primera hora de la mañana, y cuando alguno de sus hijos o alguna de sus concubinas está enferma, no puedo dejar al-Qáhira ya que debo garantizar mi presencia en el palacio durante gran parte de la jornada. Ocurre también frecuentemente que algunos oficiales del rey estén indispuestos, haciendo necesaria mi presencia a su lado. Así, pues, estoy en al-Qáhira a la salida

---

73 5 de septiembre de 1196.

74 El Cairo.

75 Unos dos kilómetros y medio.

del sol y no puedo volver a Fostát hasta mediada la tarde, y eso si no ocurre nada extraordinario. A mi llegada, el hambre me atenaza mientras mi antesala se desborda de pacientes venidos para consultarme: judíos y gentiles, amigos y enemigos, hombres importantes, simples campesinos, en fin, una gran multitud.

Apenas me bajo de mi montura, corro a lavarme las manos y pido a mis pacientes que me permitan tomarme un ligero refrigerio que constituye, de hecho, mi única comida de la jornada. Enseguida empiezo a examinarlos y les prescribo los alimentos que pueden serles provechosos. Mis pacientes entran y salen de mi casa hasta el anochecer y, a veces, incluso, te lo aseguro, hasta las dos o las tres de la madrugada. Sigo examinándolos y haciéndoles prescripciones después de haberme acostado debido a mi gran cansancio; y cuando es de noche, apenas puedo hablar.

Por esta razón ninguno de nuestros correligionarios puede hablar conmigo otro día que no sea Sabbat. Ese día, todos los miembros de la congregación vienen a mi casa después de la oración de la mañana para que les instruya sobre sus deberes para la semana siguiente; después estudiamos hasta mediodía, que es cuando se marchan. Aun así, hace algunos meses pude terminar la redacción del libro que te envío: la Guía de los perplejos. Lo escribí para los judíos perplejos que están divididos entre los textos sagrados y la racionalidad filosófica. No te costará trabajo leerlo, puesto que está escrito en tu lengua. Como podrás constatarlo, me he apoyado mucho en nuestro inspirador común, Aristóteles. Estoy un poco frustrado por no haber tenido acceso a tu Comentario mayor a De Anima sino después de haber publicado mi Guía. Pero lo estoy leyendo, y algunos pasajes son gemelos de mi pensamiento.

Me permito someterte un texto bajo forma de plegaria. Debería ser pronunciado por todos los médicos en lugar del sermón de Hipócrates, que me parece incompleto. Me harás llegar tu opinión.

«Dios mío, llena mi alma de amor por el arte médica y por todas las criaturas. No admitas que la sed de ganancia y la búsqueda de la gloria me influencien en el ejercicio de mi arte, puesto que los enemigos de la verdad y del amor de los hombres podrían fácilmente engañarme y alejarme del noble deber de beneficiar a Tus hijos. Apoya la fuerza de mi corazón para que esté siempre dispuesto a servir al pobre y al rico, al amigo y al enemigo, al bueno y al malo. Haz que vea sólo al hombre en aquel que sufre. Haz que mis pacientes tengan confianza en mí y en mi arte, que sigan mis consejos y mis prescripciones. Aleja de sus camas el ejército de parientes y guardias que siempre lo saben todo, ya que son peligrosos canallas que, por vanidad, hacen fracasar las mejores intenciones del arte y llevan a menudo las criaturas a la muerte. Hoy puedo descubrir en mi arte cosas que ayer no sospechaba, puesto que el arte es grande, pero el espíritu del hombre lo penetra todo».

Shalom, mi amigo, mi hermano.
No nos perdamos

XXVIII

Más de tres siglos después de la muerte de Averroes
Basílica de San Juan de Letrán, Italia,
principios de febrero de 1513.

Hacía un año que el V Concilio de Letrán había sido convocado por Julio II. Reunió a más de ciento cincuenta obispos y cardenales, de los cuales ciento treinta eran italianos.

Uno de los problemas más espinosos que esa reunión se había comprometido a resolver era el de las famosas «teorías conciliares». Según éstas, los concilios tendrían plena autoridad y sus decisiones prevalecerían sobre las de los papas. Al término de los debates, que habían estado salpicados de fuertes gritos, esas teorías fueron finalmente condenadas y se concluyó que *el gobierno último de la iglesia no pertenecía a los hombres, sino a un poder exterior y superior, el de su jefe el Señor resucitado que residía a la derecha del Padre, poder de Cristo, representado por el papa.* Dicho claramente: el papa permanecía solo y único dueño y señor y los obispos veían minimizado su poder. Ya no eran considerados como representantes del Santo Padre, sino como sucesores de los apóstoles.

Resuelto aquel problema, pudieron volver su atención hacia otras preocupaciones. La imprenta naciente formaba parte de ellas. Era urgente fijar sus límites.

El 4 de mayo de 1515, se editó la bula llamada *Inter solli-cïtudes.*

> Establecemos y ordenamos que, en adelante, y para todos los tiempos futuros, nadie se atreverá a imprimir o hacer imprimir un libro u otro escrito sea el que sea, tanto en nuestra ciudad como en las demás ciudades y diócesis, sin que estos libros o escritos hayan sido previamente examinados con atención por nuestro vicario y por el dueño del Palacio Sagrado, y por el inquisidor de la depravación herética de la ciudad o de la diócesis donde la dicha impresión debe efectuarse, y sin que esos libros o escritos hayan sido aprobados por una fórmula redactada de su puño y letra, bajo pena de inmediata excomunión.

Luego los obispos se ocuparon del asunto más grave que desde hacía tres siglos no cesaba de atormentar a la Iglesia: la inmortalidad del alma.

> Puesto que la verdad no puede ser contraria a la verdad, definimos que cualquier afirmación contraria a la verdad de la fe es absolutamente falsa, y prohibimos estrictamente que sea permitido apoyar una doctrina diferente; y todos aquellos que se adhieran a las tesis de tal error, sembrando así herejías condenadas absolutamente, decretamos que en todo deban ser evitados y castigados como heréticos e infieles detestables y abominables, destructores de la fe católica.

Así, el concilio condena a todos aquellos que digan que el alma no es inmortal, aquellos que pretendan que es única para todos los hombres y aquellos que mantengan que estas opiniones, aunque contrarias a la fe, son filosóficamente verdaderas. Serán perseguidos como heréticos e infieles *los provocadores de tan detestables doctrinas.*

Los averroístas primero.

Pero también Santo Tomás de Aquino, Duns Scoto, Aberto Magno, Sigerio de Brabante, Boecio de Dacia, Roger Bacon, Giordano Bruno, Lucilio Vanini, que se habían impregnado de las teorías del filósofo musulmán, aunque fuera para contestarlas, criticarlas o juzgarlas opuestas a la recta doctrina cristiana o, al contrario, para hacer de ellas un emblema del libre pensamiento.

XXIX

La tierra no había temblado bajo mis pies, pero tuve la convicción de que sí estaba temblando.

—¡Me has traicionado, Ibn Roshd! ¡Traicionado e injuriado!

El rostro del califa Almanzor se parecía al rostro de la muerte. La mía.

Sin detenerse, me echó a la cara unas hojas que durante todo ese tiempo tenía en las manos y gritó:

—¡Has escrito: *vi una jirafa en casa del rey de los beréberes*! ¿Cómo te has atrevido a ponerme ese título: el «rey de los beréberes»? ¡Yo, Emir de los Creyentes!

—Señor...

—¡No intentes negarlo! Ibráhim al-Uakíl, aquí presente (designó con el dedo al visir), me ha mostrado el libro en el que se encuentran estos infamantes propósitos.

—El *Libro de los animales*, sí, señor. No hay en él ninguna injuria. Cuando los sabios tienen que nombrar al príncipe de un país, acostumbran eximirse de las fórmulas elogiosas que emplean los cortesanos y los secretarios. Este...

—¡Silencio! ¡Unos notables de Córdoba también me informaron que para ti el Corán no es más que una fábula! ¡Que tus últimas obras no son más que blasfemias, negación de la religión del Profeta (paz y saludo sean sobre él)!

¡Incluso has afirmado que el planeta al-Zahra[76] era una divinidad!

De nuevo intenté disculparme; en vano.

El califa concluyó:

—Debes saber que son únicamente los lazos de amistad que tenías con mi padre, y antes que él con mi abuelo, los que te evitan la horca y porque aún tengo algo de afecto por ti. Mañana mismo por la mañana, bajo escolta, dejarás Marrakech y tomarás el camino del exilio. Irás a Lucena, con los judíos, expulsado de las ciudades musulmanas, y allí esperarás que la muerte te lleve.

Me echó con un gesto de la mano como se echa a un perro.

***

Hubiera podido recorrer andando la distancia que me separaba de Córdoba. Unas treinta millas. No más de quince horas. Pero, con setenta y dos años, es una semana lo que hubiera necesitado. Incluso si me hubiera arriesgado a hacerlo, impulsado por la nostalgia de mi ciudad, y el deseo irreprimible de volver a ver a mi hijo, no habría podido. Estábamos en abril de 1197. Mi casa de Lucena estaba rodeada de soldados. No tenía derecho ni a salir ni a recibir, y solo tenía, para servirme, una esclava que, debo precisarlo, había sido puesta a mi disposición por miembros importantes de la comunidad judía de la ciudad. Ignoro cómo, pero habían logrado defender mi caso ante las autoridades. Quizás porque desde siempre esa pequeña aldea había estado habitada por hebreos y cuando llegué yo, ellos seguían siendo mayoritarios. Quizás porque, al exiliarme aquí, habían pensado que me humillaban, que me rebajaban. Hubiera sido conocer mal la Revelación, en la que se dice: *Creemos en Alá y en lo que se nos ha revelado, en lo que se reveló a*

---

76 Venus.

Abraham, Ismael, Isaac, Jacob y las tribus, en lo que Moisés, Jesús y los profetas recibieron de su Señor. No hacemos distinción entre ninguno de ellos y nos sometemos a Él.[77]

Gracias a esta comunidad me llegaban, de forma intermitente, noticias del mundo exterior. Por ella me enteré de que mis libros habían sido arrebatados de las bibliotecas de Marrakech, Fez, Córdoba, Sevilla, de todas las grandes ciudades de al-Ándalus, para ser quemados en las plazas públicas. Por su boca me han sido transmitidas las exhortaciones de algunos teólogos e incluso de algunos sabios, incitando a los *piadosos musulmanes* a asediar mi casa, a extirparme para echarme a mí también a las llamas.

Lloré. Aunque no sea noble que un hombre llore.

Muchas lágrimas.

No de tristeza, sino de amargura.

¿De qué me habrá servido doblegarme ante el poder almohade? Ya que, a pesar de las apariencias, me había amordazado. Sin esa mordaza, hay cosas que hubiera gritado sin duda a la luz del día, sin moderación.

Algunos me replicarán que los príncipes me habían dejado demasiada brida en el cuello; mucho más allá de mis esperanzas. Tal vez. Pero ¿cómo se mide la sed de libertad, sino bajo la perspectiva de los límites que se nos quieren imponer?

Es una ilusión. Pero el olor a cenizas está en todas partes.

Sobre mi piel, mis sábanas, en mi boca y mis labios y en los muros de mi habitación.

Me imagino con espanto mis escritos, todas esas horas de labor, esos momentos de fusión entre mi alma y las de mis predecesores, mis maestros, reducidos a la nada, en polvo de saber y en humillaciones.

¿Tenía razón, yo? ¿Estaba equivocado? ¿Había dado muestras de demasiado orgullo al ir más allá de los pensamientos

---

77 Corán: II, 136.

de Aristóteles? ¿O no lo suficiente? ¿El exegeta ha perjudicado o corrompido al maestro?

En el fondo, la respuesta tiene poca importancia. Lo que ha contado, y que cuenta, es cuestionar, extraer, razonar. El cuestionamiento lleva a la sabiduría. La ausencia de interrogantes a la decadencia del espíritu. Y si ocurre que la verdad hiere o trastorna, no es culpa de la verdad.

Diez meses más tarde, a principios del mes de septiembre de 1198, se produjo un cambio totalmente incomprensible: el califa Almanzor exigió mi vuelta a Marrakech.

Acepté. ¿Acaso tenía elección? Al parecer, había cedido a las presiones de algunos grupos, había caído en la trampa de una conspiración de religiosos que no sentían hacia mí más que odio. Me pidió que le perdonara.

Me contenté con poner mi mano sobre mi corazón.

Todo se había consumado.

Oigo llamar a mi puerta.

Es mi hijo, Yehád.

Epílogo

Según el historiador Salomon Munk, Averroes murió en la noche del jueves 10 de diciembre de 1198, y fue enterrado en Marrakech.

Tres meses más tarde, su ataúd fue exhumado, llevado hasta Córdoba e inhumado por segunda vez.

Tres personajes estaban presentes.

Un jurista. Un copista. E Ibn Arabí.

Averroes encarna indiscutiblemente un islam ilustrado, marcado por la voluntad de conciliar la fe y la razón, la filosofía y la Revelación, Aristóteles y Mahoma. Calumniado por los unos, magnificado por los otros, en realidad raramente comprendido: sigue siendo, a pesar de todo y de todos, el último gran pensador del islam de las Luces, incluso del islam sin más.

Bibliografía y fuentes

Tomas d'Aquin, *L'âme et le corps*, traducción de Jean-Baptiste Brenet, Vrin, 2016.

Roger Arnaldez, *Averroes, un rationnaliste en Islam*, Balland, 2016.

Ali Benmakhlouf, *Averroès*, Les Belles Lettres, 2003.

Hervé Bleuchot, *Droit musulman*, Presses universitaires d'Aix-Marseille, 2002.

Jean-Baptiste Brenet, *Averroès l'inquiétant*, Les Belles Lettres, 2015.

—, Je fantasme : *Averroès et l'espace potentiel*, Verdier, 2017.

Varios Autores, *Le Colloque de Cordoue*, Climats, 1994.

André Chevrillon, *Marrakech dans les palmes*, Kailash, 2015.

Paul Christophe y Francis Frost, *Les Conciles œucuméniques*, Desclée, 1988.

Thierry Fabre (dir.), *Autour d'Averroès, l'héritage andalou*, Parenthèses, 2003.

Pierre Guichard, *Al-Andalus, 711-1492 : une histoire de l'Espagne musulmane*, Pluriel, 2011.

Moshe Halbertal, Maïmonide, *Life and Thought*, traducido del hebreo por Joel Linsider, Princeton University Press, 2013.

Edward Hoffman, *The wisdom of Maimonides*, Shambhala, 2013.

Henry Laurens, John Tolan y Gilles Veinstein, *l'Europe et l'Islam, quinze siècles d'histoire*, Odile Jacob, 2009.

Oliver Leaman, *Averroes and his philosophy*, Routeledge, 1988.

Moïse Maïmonide, *Le Guide des Égarés*, Verdier, 2002.

Pierre Mandonnet, *Siger de Brabant et l'averroïsme latin au XIIᵉ siècle*, Publications de l'Institut supérieur de Philosophie de l'Université de Louvain, 1908.

Christine Mazzoli-Guintard, *Vivre à Cordoue au Moyen-Âge*, Presses universitaires de Rennes, 2003.

Salomon Munk, *Mélanges de philosophie juive et arabe*, Vrin, 1988.

Pétrarque, *De sui ipsius et multorum ignorantia*, « Mon ignorance et celle de tant d'autres », publicado según el manuscrito autógrafo de la Bilbioteca Vaticana por L. M. Capelli, Librairie Honoré Champion, 1906.

Ernest Renan, *Averroès et l'averroïsme*, Michel Lévy Frères, 1852.

Maurice-Ruben Hayoun y Alain de Libera, *Averroès et averroïsme*, Presses universitaires de France, 1991.

Maurice-Ruben Hayoun, *Maïmonide ou l'autre Moïse*, Pocket, 2004.

—, *Maïmonide, un maitre pour notre temps*, Entrelacs, 2011.

Dominique Urvoy, *Averroès, les ambitions d'un intellectuel musulman*, Flammarion, 2011.

Dalil Boubaker, *Averroès - Science et foi*, página web de la gran mezquita de París.

Lauréline Dartiguepeyrou, *Averroès et Thomas d'Aquin*, Trabajo de fin de Master presentado en junio de 2012.

Agradecimientos

Del autor:

Mi gratitud va en primer lugar a Jean-Baptiste Brenet, medievalista, profesor de filosofía árabe, ineludible conocedor de Averroes. Con una rara benevolencia, aceptó iluminar el sinuoso camino que yo había emprendido. No puedo más que saludar una apertura de espíritu más bien escasa en un medio en el cual los científicos menosprecian a menudo a los novelistas.

Mis agradecimientos van también a Lauréline Dartiguepeyrou, doctoranda en historia de la filosofía en la universidad de Neuchâtel que, con entusiasmo, aceptó releer el manuscrito, prodigándome preciosos consejos e indicándome los errores detectados en él.

Y, por último, mis agradecimientos a mi amigo de infancia, Mohamed Madkour, a quien acribillé con preguntas tanto sobre los ritos y las costumbres de la religión musulmana como sobre la etimología de determinadas expresiones árabes.

En el pensamiento tengo a mi editora, Sophie de Closets. Le estoy agradecido por su paciencia excepcional.

Del traductor:

A Carmen Correa Cobano, por haberle dedicado tiempo, paciencia y corazón a la lectura y la corrección de la traducción.